ホストに恋した女子高生

LOVE at Night

有也

ミリオン出版

LOVE at Night

ホストに恋した女子高生

LOVE at Night　ホストに恋した女子高生

目　次

第1章　初体験

おいてきぼり

高校１年生の頃、早く処女を捨てたかった。
周りの子はみんなどんどん＜済《す》ませて＞いってた。

「え〜まだしてないの？」

そう言われるのが嫌だった。
私一人がおいてきぼりにされてるような気がしてた。

『早く処女を捨てなきゃ』
そんな焦《あせ》りを感じてた。

バカみたい

高校１年の10月。
私はナンパしてきた男に処女をあげた。

初めてのエッチは痛かった記憶《きおく》しかない。

今思えば処女の扱《あつか》い方を知らないヘタクソ男だったんだ。
いきなり入れれば処女じゃなくても痛いのは当然だ。
それでも当時は比べるものがなかったから『こんなものなのか。』と思っていた。

これで『私もエッチしちゃった。』って友達に言える。
……言ってどうするんだろ。
バカみたい。

初体験の相手だったナンパ男はしばらくすると連絡が途絶えた。
そんな男に処女をあげたんだ。
バカみたい。

好きな人

高校２年になって好きな人が出来た。
同じクラスのヒロくんだ。
サッカー部のキャプテンの彼は、男女問わずみんなから人気があって、実際に練習をしてる時もチームメイトに指示を出したりしてカッコ良く見えた。

私は積極的にいこうと頑張った。

ケータイ番号もメアドも、普通の話をしてるときに聞けた。
夏がくる頃にはたまに一緒に帰るようになってた。

夏休みに入ってすぐにヒロくんから電話があった。
「うちに遊びに来ない？」
私は喜んで二つ返事でＯＫした。

自宅デート

ヒロくんの家に着くまで、ドキドキが止まらなかった。
バスに乗ったままどっかに飛んで行っちゃいそうだった。

これが初めてのデートって言うのかな。
私の初デートは自宅デートってことかぁ。
なんかデートっぽくないなぁ。
遊園地とか映画館とか行きたかったな。

でもせっかくの夏休みになんにもないより全然良いや。
高２の夏だもんね。
ヒロくんから誘《さそ》ってくれただけでメチャ嬉《うれ》しいよ。

突然の攻撃《こうげき》

ヒロくんの部屋は殺風景《さっぷうけい》だった。
ベッドとテレビがあるだけ。
私とヒロくんはベッドに寝転《ねころ》がってテレビを見た。

ＣＭに入った時、ヒロくんはいきなりキスをしてきた。
私は突然のことにビックリしたけど嬉しかった。

「付き合おうよ。」ヒロくんが言った。

私は目を合わせるのが恥ずかしいからヒロくんに抱きついて顔を隠《かく》した。
そしてヒロくんの胸で私は「うん。」ってうなずいた。
ヒロくんは笑いながら、「どうして顔隠すんだよ～。」って言った。
その日はその後すぐに帰った。
なんか照れ臭かったのもあるし、遅く帰るとお母さんに怒られるから。

夜、ケータイのメアドを変えた。
『love_hirokun_0730@**********.ne.jp』
ヒロくんと付き合い始めた記念日《きねんび》をメアドに入れた。

寝る前、そのメアドでヒロくんに【おやすみ☆】とだけ送信した。
目を閉じると、ヒロくんがメアドを見て驚いてる顔が浮かんだ。

ホッとしたよ

次の日、起きるとヒロくんからメールがきていた。
『会いたい』
私は嬉しくなってすぐに出かける準備《じゅんび》をして、ヒロくんの家に行った。

ピンポーン

「はーい……、おっ！　ビックリしたぁ！」
ドアを開けたヒロくんは私を見て驚いていた。

「私も会いたいから来ちゃった。」
「おう、上がれよ。」
「おじゃましま～す。」
「誰もいねぇよ。」

家はシーンと静まり返っていた。

「お父さんとお母さんは？」
「2人とも仕事だから。」

階段を上がってヒロくんの部屋に入ると、
サッカー部のユニフォームがハンガーにかけてあった。

「部活は？」
「今日は休みなんだ。」
「良かった。」

「昨日、すぐ帰っちまうんだもん。」
「え？」
「なんか嫌われたかと思ってたらさ、あのメールアドレスだったから……正直、ホッとしたよ。」
「あ、うん……ゴメンね。」

「いや、嬉しかったよ。」

ヒロくんはそう言った後、私を抱《だ》き寄《よ》せてキスをしてきた。

ヒロくんとのエッチ

いきなり胸をわしづかみにされ、ベッドに押し倒された。
「あっ……。」
人に触《さわ》られることにまだ慣《な》れていない私は、ヒロくんに触られている胸に意識《いしき》が集中《しゅうちゅう》していた。
胸をゆっくりと揉《も》まれ、だんだん気持ち良くなっていった。

ヒロくんはそのまま私の背中に手を滑《すべ》らせ、ブラのホックを外した。
胸の締め付けがなくなった瞬間、ヒロくんにＴシャツとブラを一気にめくり上げられた。
ヒロくんが私の胸をまじまじと見ていて、恥ずかしくなった。

そのままヒロくんは私のスカートとパンツを一気にヒザまでズリ下げた。
ヒロくんは片手で私の胸を揉みながら、もう片方の手で私の股間《こかん》に手を伸ばした。

胸に置かれた手で乳首《ちくび》をつままれ、それから何度も乳首を指で弾《はじ》かれた。
股間にのびた手は中指だけが曲げられ、それから何度も割れ目をなぞられた。

ヒロくんの顔が近付いてきて、そのまま唇《くちびる》を重ねられた。
チュパッという音とともに唇を離したヒロくんはそのまま私の乳首をナメ始めた。
同時に股間に置かれた手は私の割れ目を広げ、中指をゆっくりと入れられた。

「あっ…あっ……。」
ビクビクッとする感覚《かんかく》に、こらえきれずに声が漏《も》れ出た。

ヒロくんは誰かとエッチしたことがあるのかなぁ。
でも私は聞かなかった。
聞き返されたらナンパ男のことを話さなくちゃいけなくなる。

「もう、入れてぇ。」

ヒロくんはそう言って私の両足を持ち上げ、自分もジャージのズボンとトランクスを一気に脱《ぬ》いで、モノを私にあてがった。
ヒロくんが入れようと腰を近づけた時、ヒロくんのは私の中になかなか入らず、何度も私の毛の方に反《そ》れた。

「手ぇふさがってるから入れづらいな、持って入れてくれよ。」

「えっ。」

男の人のを触ったことはないのでドキドキした。
私が持ち上げられた足の間から手を入れると、すぐにヒロくんのが手に触れた。
私はドキドキしながらヒロくんのを私の入り口に押しあてた。

「よし。」

ヒロくんはそう言うと同時に腰を近づけた。
私の中にヒロくんが入ってくるのがわかった。
ヒロくんは私のスカートとパンツを完全に脱がし、私の上に覆《おお》いかぶさって激《はげ》しく動いた。
最初の方は少し痛かったけど、すぐにそれはなくなっていった。

ヒロくんとエッチしてるのが嬉しかった。

ヒロくんの腰が私の股に当たってパンパンパンパンと部屋に響《ひび》いた。
だんだん、体の奥からゾワゾワしてきて、私はヒロくんにしがみついた。

ヒロくんは一層《いっそう》激しく腰を振って、最後に私の中からモノを抜いた。
「あぁ！　はぁ……はぁ……。」

オナカの上にはヒロくんの出した白い液体《えきたい》が点々《てんてん》とたれていた。

なんで?

それから３日後。
ヒロくんから電話で別《わか》れを告《つ》げられた。

「別れよう。もう好きじゃなくなった。っていうか元々あまり本気じゃなかった。」

じゃあなんでキスしたの?
なんで付き合おうよって言ったの?
なんで私とエッチしたの?
言いたいことはいっぱいあったけど言えなかった。
悲しくて何も言えなかった。

黙《だま》ってたらヒロくんが「じゃあな。」って電話を切った。
私は悲しくてずっと泣いてた。
ゴハンも３日間食べれなかった。

良い天気なのに外に出る気にもなれず、３日間引きこもった。
ケータイのメアドを変えた時、また少し泣いた。

私、なんて男運がないんだろう。

それでも運命の相手っていうのがどこかにいるのかもしれない。
あー、いつになったら出会えるんだろう。

マックバケーション会議

ヒロくんにフラれて１週間後、親友のミッコが電話してきた。
私の声を聞いて元気がないことに気がついたらしく、それから
毎日心配して電話してくれた。

ミッコは『みんなでプールに行こう。』と言った。
それからミッコとハルカとアスカの４人でマックに集まって、
ドコに行くかを決めることにした。
「この雑誌でプールの特集やってたから買ってきた！」
アスカがノリノリでそう言った。
「どこに行こうかね？」
「ここ、面白そうじゃない？」
「いいね！　賛成《さんせい》～！」
全員一致《ぜんいんいっち》で八王子にある東京サマーランドに行くことになった。

その日の夜、私はアスカから借りた雑誌を読んでいた。
新しい水着買わなきゃ。
私の持ってる水着は３年前に買ったやつだけだし。
ミッコはスタイルいいからビキニとか似合うんだろうなぁ。
私もセクシー系のビキニ買おうかなぁ。

雑誌を見てると白い花柄のビキニが私を誘《さそ》ってる気がした。
明日さっそく渋谷に行こうかな。
夏はこれからだもんね。

しゅっぱーつ！

みんなで遊びに行く日がきた。
その日は暑かった。
学校近くの駅前でみんなと待ちあわせした。
女の子はミッコ、ハルカ、アスカ、私の４人集まった。

「どうやってサマーランドに行くの？」
「ハルカの知り合いが車で連れてってくれるんだって。」
ミッコはそう言って電話しているハルカの方を見た。

５分後。
黒塗《くろぬ》りの車がガクンと目の前で止まった。
私は一瞬、怖い人が絡《から》んでくるのかと思ってドキッとした。
その時、窓がスーッと開いて、白いスーツを着たホストっぽい人が顔を出した。
「いや〜、今日もよく飲んだ。」

「京也さん！　ありがと〜！」
ハルカがいち早く助手席《じょしゅせき》に乗った。

「みんなも早く乗りなよ。」
京也さんという人が手招《てまね》きをした。
アスカが「これセルシオじゃない？　カッコイイ〜！」と言いながら、後ろのドアを開けて乗った。
ミッコが「行こう。」と私の手を引いて乗った。

「じゃあ今からサマラン行くんでヨロシクゥ！」

京也さんは大きな声でそう言って車を出した。
「京也さん、ゾクじゃないんだから。」
ミッコが笑いながら言った。
「制限速度《せいげんそくど》バリバリ守ってシートベルト着用《ちゃくよう》でヨロシクゥ！」
京也さんは懲《こ》りずに大声で続けた。
『変な人っ！』と思い、私は吹き出してしまった。
みんなも一斉《いっせい》に大笑いした。

「声出てねぇぞ！　ヨロシクゥ！」
「ヨロシクゥ！」

だんだん楽しくなってきた。
やっぱり、夏休みはこうでなくちゃ。

ホストってどうなの？

京也さんはホストをやってるらしい。
「ハルカからいつもみんなの話を聞いてるよ。」
彼は笑顔で私たちに挨拶《あいさつ》した。

「みんな、京也さんは悪い人だから騙《だま》されないようにね。」
ハルカがそう言うと京也さんは笑ってこう言った。
「アッハッハ。ヒドイ言われようだな。」

「ホストって儲《もう》かるんですか？」
アスカが聞いた。
「儲かる人は儲かる。儲からない人は儲からない。どこの世界も同じだよ。」
京也さんは笑って言った。

「へぇ～！　そうなんだ～！」
アスカがはしゃいでドンドン質問《しつもん》をぶつける。
「京也さんって売れてる方なんですか？」
「俺は No. 3 だよ。そこそこ売れてる方かな。」

私はホストの人と話したことがなかったのでちょっと聞いてみた。
「今日は仕事帰りなんですか？　儲かりました？」
「今日はそこそこだったね～。平日にしちゃ良い方だよ。」
京也さんはウンウンとうなずきながら答えた。
「え？　っていうか、仕事帰りってコトは飲酒運転《いんしゅうんてん》なんじゃ……。」
ミッコが険《けわ》しい顔をして聞いた。

「いや、さっき『今日も飲んだ～』って言ったのはウソ。今日はみんなのために飲まず営業。」
京也さんはフゥ、と小さく溜《た》め息《いき》をついて言った。

「ゴメンなさい……。」
ハルカが小さく呟《つぶや》いた。
「いや、肝臓《かんぞう》を休めるのも必要なことだ。だから気にすんな。」
京也さんはそう言って自分のオナカをポンポンと叩《たた》いた。
「それに酒気帯びで捕《つか》まると罰金《ばっきん》もハンパじゃねぇんだ。20～30 万円コースだよ。」
「そんなに罰金とられるの？」
ハルカが驚いて言った。

「酒飲んで車を運転して人を轢《ひ》き殺すヤツが多いからな。それを考えるとそれでも安いくらいだよ。」
京也さんはそう言って真顔になった。

途中で高速道路を使って１時間くらい。
昼の12時前にはサマーランドに着いた。

マユナシオバケ

サマーランドは人がいっぱいいた。

「俺はみんなの荷物《にもつ》見ながら肌焼いてるから、テキトーに遊んで来い。」
そう言って京也さんが私たちの荷物を預《あず》かってくれた。
私たちはすぐに浮き輪を人数分借りて流れるプールに入った。
みんなで手を繋《つな》いでたから周りのお客さんには迷惑だったかも。

途中でミッコがバランスを崩《くず》して浮き輪から落ちた。
ついでに化粧《けしょう》も落ちて眉毛《まゆげ》がなくなった。
みんなで「マユナシオバケだ！」とミッコを笑っていると、ミッコが１人ずつ浮き輪から落とし始めた。
そこからはみんなで落としあい、水のかけあいになった。

散々《さんざん》はしゃいでプールから上がる頃にはみんなマユナシオバケになってた。
「これじゃ逆ナンしても絶対引っかからないね。」
「これじゃナンパしてくる男もいないよ。」

みんなで顔を見あわせて笑った。

ナンパ男

「ちょっと休憩《きゅうけい》！　ノド乾《かわ》いた！」
ハルカがそう言って荷物の置いてあるトコに行った。

京也さんはバスタオルを顔にかけて寝ていた。

私たちは京也さんを起こさないようにバッグをそっと持ち出し、売店の近くの自動販売機でジュースを買って飲んだ。
急にトイレに行きたくなって、ミッコにジュースを手渡してトイレに行った。
用を足した後、20歳くらいの茶髪の男に声をかけられた。

「こんにちわ〜。」
その人は肌が浅黒いイケメンだった。
「どうも〜。」
私はとりあえずそう答えた。
「友達と一緒？」
彼は気さくにそう言ってきた。
「え？　あ、ハイ。」
「じゃあ今度でいいから遊んでくれないかな。」

みんなと遊んでちょっと元気になったとはいえ、私はヒロくんにフラれたショックをまだまだ引きずっていた。
そして、そこから前向きになるには新しい恋をしなきゃダメだと思った。
早く恋がしたい……本気でそう思った。

「あ〜、ダメだよね〜。こんなに軽く声をかけちゃ。でもカワイイから逃したくねぇと思ってさぁ。」
「え……ウソだぁ。」
「いや、ウソじゃねぇよ。マジマジマジマジ。」
「ホントかなぁ〜？」
「お願いね〜。じゃ、俺のケータイ教えとくね。」
「あ、ちょっと待って。」
「はい。これ俺の番号ね。ワン切りして。」
「あ、うん。」
「あ、同じトコのケータイじゃん。じゃ後でメール出すよ。」
「は〜い。」

自動販売機の前に戻ると、ハルカがこう言った。
「なんか向こうに乗り物とかもあるんだよね。」
「乗りた〜い！」
「行ってみようか！」

ハルカのヤキモチ

散々《さんざん》遊んですっかり日が暮れたので帰ることにした。
帰りの高速道路は事故か何かで渋滞《じゅうたい》していて、ミッコとアスカは寝ていた。
きっと遊び疲れたんだろう。

「楽しかったかい？」
京也さんがにこやかに話しかけてきた。
私が前に乗り出し、笑顔で「うん！　楽しかった！」と言うと、京也さんに「そうか！　なら良し！」と頭を撫《な》でられた。
ハルカが起きてきて「あ〜！　またそうやって京也さんは！」と膨《ふく》れっ面《つら》をした。
京也さんは「あれ？　ハルカ妬《や》いてんの？」とたしなめてた。

石川ＰＡ

途中、石川パーキングエリアに寄ってフランクフルトを食べた。
ハルカはアメリカンドッグを食べてた。
京也さんは私たちと少し離《はな》れてミルクティーを飲みながらタバコを吸ってた。
他の子は車で寝ていた。

「トイレに行ってくる。」
ハルカがアメリカンドッグの串《くし》を私に渡してトイレに走って行った。

私は京也さんに近付き、話しかけた。
「京也さんはハルカのことが好きなんですか？」

京也さんは穏《おだ》やかに答えた。
「俺はみんな好きだよ。」

みんな？

不特定多数《ふとくていたすう》ってこと？
それはやっぱり京也さんがホストだからなんだろうか。
ホストってやっぱり女ったらしだ……。

依存《いぞん》しない？

ハルカはどう思ってるんだろう？
さっきの車内での会話からは多少なりとも気があるように思えるけど。
京也さんがトイレに行くのと入れかわりにハルカが帰ってきた。

「ハルカは京也さんのコトが好きなんでしょ？」
思いきってハルカに聞いてみた。
ハルカは「でも……あの人は誰にも依存しないから。」と寂しそうな顔で言った。
依存しないってどういうことだろう。
結局、ハルカは京也さんが好きなのに我慢《がまん》してるんだろうか。

それ以上は聞いちゃいけない気がした。
きっと大人の世界なんだ。
経験の少ない私にはわからなかった。

買い物でバッタリ

家に帰るとサマーランドでナンパしてきた男からメールがきていた。

【どうも〜。昼間会ったショウです。カワイイ女の子と知り合えて嬉しいよ。】
褒《ほ》められるのはまんざらでもなかった。
【褒めてもらってウレシイです☆】
とりあえず、フツーにやりとりしていた。

何回かメールのやりとりをしていたら眠くなってきた。
ウトウトした時、電話がかかってきて、『今度、ドライブ行こうよ。』と言われた。

「うん。いいよ〜。今日は寝るから、じゃあまたね。」
眠かったのでテキトーに返事をしといた。

それから数日後。
私がミッコと新宿で買い物をしていると、京也さんが女の人と買い物をしている所に出くわした。
その女の人はたぶん水商売の人なんだろう。
だってやたらとルイ・ヴィトン。
なんか気合いの入ったカッコをしてた。

私が軽く会釈《えしゃく》すると京也さんはこっちを見て軽く手を振った。
女の人がチラッとこっちを見て、すぐに京也さんの袖《そで》を引っ張った。
「ねぇ、京也ぁ。この服、かわいくない？」

その女の人に邪魔者《じゃまもの》と思われているみたいだったので私たちはすぐにその場から立ち去った。

お客さんだよ

その日の夜、ハルカから電話があった。
ヒマだったらしい。
ハルカに京也さんと会ったことを言うと、ハルカは『誰かと一緒だった？』と聞いてきた。
私が「水商売っぽい女の人と一緒にいたよ。」と言うと、ハルカはどんな人だったかしきりに聞いてきた。
私は見た目の特徴《とくちょう》をそのまま言った。

ハルカは『お店に来る、ただのお客さんだよ。』と言った。
それはハルカが自分自身に言い聞かせているようでもあった。
ハルカとの電話が終わった後、ヴィーンというバイブ音が鳴った。
ケータイを見ると、サマーランドで会ったショウからの着信だった。

「もしもし？」
『もしも～し。こんばんは～。』
「どうも。」
『あれ？　元気ないみたいけど、大丈夫？』

私はハルカのことを考えて、少し切ない気持ちになっていた。

「別に大丈夫だよ。」
『そうか。ドライブに誘おうと思ったけど、ムリかな？』
新しい恋ができるかもしれない。
イケメンだし、この人と遊ぼうかな。

「どこに？」
『ん〜、海の方とか山の方とか？』
「じゃあ海かな〜。」
『だよね〜。海いいよね〜。』
「どこの海？」
『うーん、星がスゲェいっぱい見えるとこにしようよ。』
「あ、いいねぇ。」
『よーし、じゃあ迎《むか》えに行くよ。』

取引

ショウの顔は会ってから思い出した。
サマーランドではちょっとの時間しか会ってなかったからうろ覚えだった。

「よ〜し、行こうぜ。」
「うん。」
車は20分くらい走ると、パチンコ屋の大きい駐車場のような所に入っていった。
駐車場の隅《すみ》の方に大きいワゴン車が停めてあり、ショウはその奥に車を停めた。
「よし、降りるぞ。」
「え？　う、うん。」
私が助手席のドアを開けて出ると隣のワゴン車のスライドドアが開いて、中から４人の男が出てきた。
怖い！　嫌な予感がして逃げようとしたけど、そのうちの一人に腕を掴《つか》まれて引っ張られた。

「男と遊んで欲しくて来たんでしょ？」
「まぁまぁ、逃げんなって。」
「大丈夫、大丈夫。」
男たちは口々にそう言って私をワゴン車の中に連れ込んだ。

「ちょっと、やめてよ！」
私は必死に抵抗《ていこう》したけど、すぐに手で口を塞《ふさ》がれた。
黒いスモークがかかった窓から外を見ると、ショウが作業服を着た男から１万円札を数枚受け取って帰って行くのが見えた。

――私、売られたんだ――。

レイプ

このままだと輪姦《まわ》される。
逃げなきゃ！
１人の男のオナカを思いきり蹴《け》っ飛《と》ばすと、もう１人の男に鼻を強く殴《なぐ》られた。
「お姉ちゃん、あんまナメてもらっちゃ困るな。おとなしくしてねぇと殺しちゃうよ？」
その男の目は本気っぽかった。

私は怖くて震えてきた。
鼻が熱くて手を添《そ》えると、ポタポタと鼻血が垂れていくのがわかった。
口の中に血の味が広がり、涙がポロポロ溢《あふ》れてきた。

「きたねぇな、拭《ふ》いとけよ。」
男はティッシュの箱を渡してきた。
私は涙と鼻血をティッシュで拭きながら顔を覆《おお》った。
スカートとパンツを脱がされ、体をうつぶせにひっくり返されて四つんばいにさせられ、その男たちに次から次へといっぱい触られた。

「ケータイに保存しときますか。」
そう言ってケータイで写真を撮る男もいた。
しばらくすると男たちは指で私のアソコをイジり始めた。
『もう……もう早く終わって……。』
私は抵抗せず、そう願っていた。

すると、１人が私の横に寝っ転がって声をかけてきた。
「ねぇ。」
私はビクッとしてしまった。
とにかく怖かった。
「レイプ願望でもあるの？　やられっぱなしになってるけど。」
男はニコニコしていた。
「……」
私は怖くて何も答えることができなかった。

「けど、そのままだと気持ち良くならないでしょ。リラックスリラックス。」
そう言って男はなにかの小ビンを私の鼻に近づけてきた。
「ゆっくり吸ってみ？　リラックスできるよ。」
男はそう言って私の頭をポンポンと触った。
そのまま男は私の頭を押さえつけて、私の鼻に小ビンを近づけた。

その瞬間、私の鼓動《こどう》は早くなり、指先までシビれるような感覚に襲われた。
そして、別の男が私の割れ目に何かを塗《ぬ》りこんで、「よっしゃ挿《さ》せ！」と叫んだ。

そこからは全身のあらゆる部分が敏感《びんかん》になっていった。
何かのクスリの作用なのかもしれない。
１人の男が私の中にモノをねじ込んだ。

『いやぁ……やめて……』
抵抗しようと思ったけど、頭の中に白いモヤがかかったように、意識がボーッと遠のいて力が出せなくなってきた。
男のモノが完全に入りきった所で私はビクビクッと震えた。
「ああーっ！　あぁっああっ、あーっ！」

４人の男が私の胸や首筋や太モモや割れ目をイジるたびに、ビリビリとシビれるような感覚があった。
私は大声で「あんっ！　あぅっ！」と叫んだ。
さっき小ビンを持ってた男が「大声出しちゃダメでしょ。」と後ろから私の口を手で押さえた。
そして中指を私の舌先に触れさせ、絡ませていった。
そのまま代わる代わる男たちが私の中にモノを入れてきた。
イク時は四つんばいになっている背中の上に出されたり、口の中に出されたりした。

最後に私が蹴っ飛ばした男が入れてきた。
その男は「人にケリなんかくれやがって、ふざけんじゃねぇぞ。」と言い、イク時は私の中に出した。

「おまえ、ヒデェなぁ。」
「おい〜、この後に入れるのイヤだよ〜。」

男たちはそう言って笑っていた。
私の頭の中は真っ白で、力が入らなかった。
最後に「全員のを口でキレイにしろ。」と言われ、一人ずつ順番に口でしゃぶらされた。
口にムリヤリねじこまれて、「舌を動かせ。」と頬《ほほ》を叩《たた》かれた。

それが終わると、リーダー格の男が私の服を窓の外に投げ捨てた。
「ほら、とっとと帰れ。」
まだ足元のおぼつかない私はズルズルと車から引きずり下ろされ、自分の服の上に寝かされた。
そして車はそのままどこかへ走り去った。

辺りは静まり返っていた。

私は人に見られるのが怖いから、すぐに服を着た。
でもしばらくそこから動けなかった。

排水溝に消えた

財布は盗まれていなかった。
私はタクシーを拾い、何とか家まで帰ることができると安心した。
タクシーの運転手がチラチラとこっちを見るのが怖くて目を反《そ》らし、黙ってうつむいていた。

家の前でお金を払って、家に着く頃には深夜になっていた。

私はシャワーを浴びて、すっかり乾いてしまった鼻血の跡と、男たちにかけられた体中の精液を洗い流し、アソコの奥に指を突っ込んで中に出された精液を必死に掻《か》き出した。
中までお湯が入るようにシャワーをあてて、何度も何度も流した。

涙が止まらなかった。

家に帰ってこれてホッとしたのもあった。
でも、レイプされたのがすっごい怖かった。
妊娠するかもしれないと思うと怖かった。
でも、お母さんにはこんなこと絶対言えない……。
心配するから……。

―― 私、なにやってんだろ。――

ナンパ男にヤラレて、ヒロくんにフラれて、知らない男にホイホイついてって……。

自分がイヤになった。

始業式事件

長い夏休みが終わって新学期になった。
日焼けしてる子、髪を染めた子が増えていた。
みんな「ひと夏の経験」ってヤツをしたんだろうか。
私はフラれちゃった上に、知らない男たちにレイプされて……。
あれから生理は一応きたけど、しばらくオナカが痛かったりした。

始業式が体育館で行われるので、私はハルカとミッコと一緒に移動していた。
途中、ミッコが「トイレに寄るから待ってて。」と言ってトイレに入って行った。
私とハルカはトイレの近くで待ってた。

しばらくすると、トイレの中から大声が聞こえてきた。
「オマエ、今なんて言ってたんだよ！　もう一回言ってみろ！」

それはミッコの声だった。

トイレバトル

私とハルカは慌ててトイレに駆け込んだ。

バシッ！

ミッコが３人の女を相手にケンカしていた。
一人を壁に押さえつけている。

「もう一回言ってみろよ！」
ミッコは完全にキレていた。
「どうしたのミッコ⁉」
私たちは何があったのかわからず、取り乱した。

「こいつらが……こいつらが……。」
ミッコは怒りに震え、目に涙を溜《た》めていた。
私とハルカがミッコに駆け寄ると、ケンカ相手の3人は急いで逃げていった。
私たちはとりあえず、始業式をサボってミッコを近くの公園に連れて行った。
ミッコに缶ジュースを買ってベンチに並んで座った。

しばらくすると、ミッコはだいぶ落ち着いたようだった。
「ゴメンね。ワケわかんなかったでしょ。」

私とハルカは「何かあったの？」と聞いた。
ミッコは「私はあいつらを許さない！」と言って、こぶしをギュッと握り締めた。

策《さく》略《りゃく》のすべて

ミッコはゆっくりとそのいきさつを話し始めた。
ミッコがトイレに入ると、3人が鏡の前でメイクをしながら話をしていた。
話の内容はヒロくんだった。

３人の中にヒロくんのことを好きだと言っている女がいた。
そいつは私とヒロくんがイイ感じになったと知って、ヒロくんの周りの友達に私のことを悪く言ったらしい。

「何人も男がいる。」
「こないだは違う男とホテルに行ってた。」
「ヒロくんのコトは遊びだと言ってた。」
「高１の時に出会い系で会った男で処女を捨てて、それから毎日ヤリまくってた。」

ミッコが言うには、これらがヒロくんに伝わった私の話だという。

高１で処女を捨てたことは本当だけど、それは出会い系じゃなくてナンパだったし、そのナンパ男とエッチしたのは一度きりだし、すぐに連絡もなくなった。

ヒロくんと知り合ったのもその後だし、ヒロくんがいる時に他の男なんて……。
他の話ももちろん全部でっち上げだ。

でもヒロくんはその女の言うことを全部信じたってこと？
そしてその女はヒロくんが私をフった後で、ヒロくんと遊びに行ったらしい。
「何度か遊んで、もうエッチもした。」と自慢げに言ってたらしい。
ミッコはそれを聞いてトイレの個室を飛び出し、そいつを思いきり引っ叩いた。
これがトイレでの出来事の真相《しんそう》だった。

そして、私がヒロくんにフラれたことの真相でもあった。

ナミダマクラ

私はすごくショックを受けた。
ヒロくんが信じてくれなかったこと、その女のしたこと。
私が呆然《ぼうぜん》としているとハルカとミッコは心配そうに私の顔を覗《のぞ》いてきた。

「大丈夫？」
私は心配かけまいとして「大丈夫だよ。もう終わったコトだし。」と言って、無理に笑顔を作ってみせた。

「そう……ならいいんだけど。」
ハルカとミッコはそれ以上、何も言わなかった。
「あ、ヤバイ！　担任に呼び出されてたんだ。私、行くね。」
ハルカはそう言って学校に戻って行った。

「私はいつでも、アンタの味方だよ。」
ミッコが空を見ながらそう言った。

「一人で悩んでないで、たまには頼ってよ。」
ミッコのその言葉に泣けてきた。
私は思いきってレイプされたことをミッコに告白した。
言いながらその時の恐怖を思い出してまた涙が出てきた。

「犯罪じゃん、そんなの……。」

ミッコは驚いていた。

「ゴメンね、黙ってて。でも言うとまた思い出しちゃうから言えなくて……。」
「泣き寝入りする気？」
「でも、もう関わりたくないから……。怖いからいい。」
「そっか……。」

ミッコはそれ以上、何も言わずに私の肩をそっと抱いてくれた。
辺りが暗くなるまで、公園のベンチでずっと手を握っていてくれた。
家に帰ってベッドに倒れこんだ途端に涙が溢れてきた。

卑怯《ひきょう》な手でヒロくんを騙《だま》した女のこと、
ヒロくんが信じてくれなかったこと、
ミッコの優しさが嬉しかったこと。

頭の中で色んなことがグルグルと回っていた。

私はマクラを顔に押しつけてずっと泣いていた。

夜の男

私は泣き疲れて寝てしまったらしい。
気がつくと午前2時になっていた。

ボーっとしているとまた思い出してしまう。

私はコンビニに行くことにした。
外を歩いてれば、あまり考えごとをしないでいられる気がした。
ファミマでコーヒー牛乳を買った。
近くの公園でブランコに乗りながらそれを飲んでいた。

そういえば前にヒロくんと学校帰りにこの公園に来たっけな。
ヒロくんと手を繋いでベンチで話をして……。

思い出すとまた涙が出てきた。

その時、後ろから「あれ？　偶然《ぐうぜん》だねぇ。」と声が聞こえた。
振り返るとスーツ姿の京也さんがそこにいた。

ついておいで

「何やってんだい？　子供の出歩く時間じゃねぇぞ。」
京也さんは笑顔でそう言った。
しかし、私の涙に気づくと真顔になった。
「何かあったんか？　俺で良かったら聞くよ。」

私は泣いている理由を話した。
京也さんは話を聞いてる間、何も言わずにタバコを吸っていた。
話し終わると京也さんはスッと立ち上がり、私に手を差しだした。

「ついておいで。」

京也さんは私の手を引き、自分の車のトコまで連れて行った。

「いいモノ見に行こうぜ。」

クラゲプニプニ

京也さんの車はこないだの車じゃなかった。
赤いオープンカーでドロドロドロと音を立てて走る車だった。
「こないだのと、違う……。」
私がそうつぶやくと、京也さんは穏《おだ》やかな口調でこう言った。
「こないだのはダチの車なんだ。このカマロじゃ大勢で乗るのはキツイからな。」

車は路地から繁華街《はんかがい》を抜け、大通りを抜け、首都高に乗った。
私も京也さんも一言も話さなかった。

車はレインボーブリッジを渡り、お台場で高速を降りた。
フジテレビの前を通って交差点を曲がり、車を停めた。

「おいで。」
京也さんに着いて行くと、そこは砂浜の公園だった。
「少し寒いね。ちょっと散歩しようか。」
途中で打ち上げられたクラゲを発見した。
「やべぇ、超デケェ！　しかもプニプニ！　オマエも触れって！」
京也さんは楽しそうにそれをプニプニ触っていた。
私もプニプニとつついてみた。
クラゲの体はプルルンと震えた。

溶けちゃう！

砂浜に降りる階段に座って、京也さんは私に色んな話をしてくれた。
変なお客さんの話、今のお店の仲間たちの話。
かなり長い時間、話し込んでいた。

お店の話をされて、私はふと気になった。
「京也さん、今日はお店休みなの？」
京也さんは軽く笑ってこう言った。
「捨て猫を見つけたから休むって言っといた。」

「……えぇー!?　ひょっとして私のせいで休ませちゃったの？」
「いや、休みたい気分になったから休んだの。」
「……ごめんなさい。」
「違う。」
「え？」
「ありがとう、でしょ。」

京也さんはそう言って微笑んでくれた。

「……うん！　ありがとう！」
「よし！」

京也さんは優しい。
相手に気を使わせないというか、心を開かせるのが上手い気がした。
それもホストをやってるからなのかな。

仕事で女の子を相手にするのってどんなカンジなんだろう。

私は京也さんなら信用できると思って、レイプされたことを話した。
京也さんは私が話している間、ただ黙って聞いていた。
話が終わると、京也さんはタバコの煙を吐きながら、レインボーブリッジを見て言った。

「世の中、物騒《ぶっそう》だ。」
「え？」
「自分の身は自分で守らないとな。」
「……うん。もう知らない男にはついていかない。」
京也さんは立ち上がって私の頭にポンと手を置いた。

「俺だって２回目でしょ。サマーランドでナンパしてきた男と変わらないじゃんよ。」
「でも、ハルカの知り合いだし……。」
「そうだな。でも、友達の知人だから安全なんて保証《ほしょう》はないんだ。イザとなったら女の子は男の力には勝てないだろ。」
「そっか……。」
「だから男をすぐに信用するな。」
「京也さんも？」
「そうだよ。ホストなんてロクでもねぇんだから。」
京也さんはそう言ってハハッと笑った。

「自分で言ってる～。」
私もそれを聞いて笑った。
京也さんは私の笑顔を見て、優しい顔をした。

「よし、笑えたな。」
「え？……う、うん。」
「じゃあ、俺の役目はおしまい。」

気が付くと空がうっすらと明るくなってきた。

「お！　太陽が出るぞ！　俺は夜型人間だから溶けちゃう！
逃げろー！」
京也さんは笑って駆け出した。

「待って～。」
私もその後を追いかけた。
車に乗り込むと京也さんは「あー面白かった。」と言って車を走らせた。

ハイタッチ

レインボーブリッジを渡るときに朝日が見えた。
「キレイだねぇ。日の出を見ると新しいコトが始まりそうな予感《よかん》がするねぇ。」
京也さんはそう言いながら歌を歌い始めた。
「朝焼けの～光浴びて～車を～走ら～す～♪」

『変な人！』っと思って私はクスクス笑った。
「あ！　俺のコトをアタマの悪い人だと思ったろ！」っと言って、京也さんも笑った。
私の家の近所に着き、私が車から降りると京也さんは、「ヘイ！」

とハイタッチを求め、パン！とやってから「じゃあまたね〜。」とニコニコ顔で帰ろうとした。
でも突然、「あ！　そうだ！」と言って京也さんは車から降りてきた。

「オマエのケータイ、貸《か》してみ？」
京也さんはそう言って手を差し出した。
「え？　う、うん。」
私はバッグの中からケータイを出して京也さんに手渡した。

京也さんはどこかに電話をかけているようだ。

「これで繋《つな》がるな。」
京也さんはそう言ってポケットからケータイを取り出し、私のケータイ番号が表示された画面を見せてきた。
「次は泣く前にかけな。」
京也さんはそう言って私のケータイを返してくれた。

「じゃあね〜♪」
京也さんはそう言って車を走らせていった。

ハイテンション留守電

昼頃、起きると不思議とスッキリしていた。
京也さんのおかげでちょっと気分がラクになっていたのもある。
でも、学校にはあまり行く気になれなかった。
私は公園を散歩することにした。

ブランコで揺れていると太陽がジリジリと暑かった。
そういえば昨日もココに来たんだっけ。
……京也さんは何をしてるだろう。
ふと、そう思って電話をかけてみた。

『ハ〜イ！　京也です。太陽の出てる時間帯は起きてません。
起きてる時間にどうぞ〜！』
ドラキュラかこの人は。
私は思わず笑ってしまった。

その時、私のケータイが鳴った。
ミッコからだった。

気になるあの人

『今ドコ？』
「公園のトコ。」
『サボってるの？』
「ちょっと寝坊しちゃって……。」
『アタシも行くよ。今日は寝坊しちゃった。』
「そうなんだ。じゃあ待ってるねミッコ。」

しばらく待っているとミッコが公園の端の方から手を振ってくるのが見えた。
「暑いねぇ。」
「そうだね。」

しばらく２人でブランコに乗って揺れていた。
私は昨夜の話をした。

「……京也さんって変わった人だよね。」
「そうだね。ミッコもそう思うでしょ？」
「え……まさか京也さんのコト、気になってるの？」
「……うん。気になってるかも。」
「ハルカはたぶん、京也さんのコト好きだよ。」
「うん。」
「ハルカには言った方が良いんじゃない？　ハルカが他から聞いたらきっとイヤな気するよ。」
「そうだね。変に隠したくないし、２人がどういう関係なのか知りたい。」

私はハルカに電話して公園に来てもらった。

寝たよ。

「……それで、何が言いたいわけ？」
昨夜の話を聞いてハルカは不機嫌《ふきげん》だった。
「ハルカも京也さんのコト、好きなんでしょ？　だからちゃんと言おうと思って。」
「宣戦布告《せんせんふこく》ってわけ？」
「そういうんじゃないの！　でも……。」
「私、京也と寝たよ。」

えっ……。

ショックだった。
自分の中にこんなに強い“嫉妬《しっと》”という感情があるとは思わなかった。
ハルカの口から出た一言でカミナリに撃たれたくらいのショックを受けた。

「京也は誰にでも優しくするの。迷子を家に送り届けるくらいはいつものコトよ。」
「……。」
ハルカの言葉が胸に突き刺さった。
目の前が暗くなった。
すごく突き放されたような気がした。
私、京也さんのことを何も知らないのに、ちょっと構ってもらっただけで浮かれてたんだ。

ホストの彼女

「……ちょっと、人の話聞いてるの？」
ハルカが不機嫌そうに私を睨《にら》みつけている。
「あ……。ゴメン……。」
私は呆然としていたことに気付き、ハッと我に返って謝《あやま》った。

「別に私は彼女でも何でもないから、あんたにいちいち言われる筋合《すじあ》いないよ。」
「……。」
「でもね、覚悟しなよ。あの人に惚《ほ》れても辛いよ。毎日、色んな女の子を相手に接客《せっきゃく》してるんだよ。」

「……。」
「アンタ、そういうのに耐えられるの？」
「……わかんない。」
私がホストの人と会ったのも話したのも京也さんが初めてだった。それまでホストをやってる人はテレビの特集でしか見たことがなかった。

「子供の恋愛観じゃホストの彼女になんかなれないんだよ。」
「私は彼女になりたいなんて……そんな……。」
「じゃあ何なのよ！」
「私は……私はただ、会ったりしたいなって……。」
「お金あるの？」
「えっ？」
「京也と付き合うのはお金いるんだよ。」
「え……何で？」
「彼がホストだからよ。当然じゃない。」
「そんな……。」

どうしよう。
お金を出さないと会ってもらえないのかな。
でも昨日は高速料金もジュース代も京也さんが出してくれた。
でも京也さんにとって、私はあくまでも“ハルカの友達”であって、“恋愛対象”ではないのかな。

何が悪い？

「ハルカ。それでアンタはオヤジ相手にウリをやってまで金を稼《かせ》いでるわけだ。」
ずっと黙《だま》っていたミッコがハルカの目をまっすぐ見て言った。

「ミッコには関係ないでしょ！」
ハルカは顔を真っ赤にして怒った。
「ハルカ、アンタそんなコトしてて間違ってると思わないの？」
「別に。私は京也と遊べればそれでいいの。」
「好きな人に会うためにお金を払うのって変だよ。」
「彼がホストなんだからしょうがないでしょ!?」
「ハルカがウリをやってるコト、京也さんは知ってるの？」
「知らないよ。普通にバイトしてるって言ってるから。」

“ウリ”
……ハルカはそこまでして京也さんに会いたいと思ってるんだ。
私にはそんなこと出来ない……。

「好きな人に会いたくて頑張って何が悪いのよ！　ほっといて！」
ハルカは怒って走り去って行った。

ミッコは泣きだしそうな顔をしていた。

大人の世界？

ミッコは悲しそうな顔で「ちょっと疲れちゃった。帰るね。」
と言って先に帰った。
私は一人ぼっちになった。

ブランコに揺れながら色々なことを考えていた。
『ハルカと京也さんが寝たコトがある。』
『京也さんはホストだから遊ぶにもお金がいる。』

……そして、『ハルカはお金を稼ぐためにウリをやってる。』

私もお金を稼いで京也さんといっぱい遊びたいな。
ハルカは自分でお金を稼いで、大人の恋愛をしてるんだ……。
なんだか自分がすごく経験不足で子供だと思った。

その時、後ろから声が聞こえた。
「あれ？　偶然じゃん。」

振り返ると京也さんがいた。
「あ、また泣いてる〜。悲しい時はココに来るの？　昨日もそうだったよね。」
私は慌てて取りつくろった。
「ち、違うの。京也さんのおかげで楽しくなったよ。もう悲しくないよ。」
「じゃあなんで泣いてるの？」
「私はまだ子供なのかもしれない。まだ大人になりきれてないと思うの。」
「そっか。オマエは大人になりたいのか。」
京也さんは優しく聞いてきた。

私は思いきって言ってみた。
「私、早く大人になりたい。……大人にしてください。」

ヤセガマン

京也さんは私の言葉に驚きも笑いもせず、冷静にこう言った。

「キミの言う“大人”って何だい？」
「え……。」
「大人になりたいというからにはいいモノだと思ってるんだろ？」
「それは……。大人の恋愛がしたいの。」
「大人の恋愛って？」
「自分の好きな人が他の女の子と遊んでても嫉妬しない……とか。そういうのが大人の恋愛なんでしょ？」
「それはただのヤセ我慢じゃないかな。それは本当に好きじゃないんだ。」
「本当に好きだって言ってた。」
「じゃあ、その子は辛い思いを耐えてるんだね。」
「そうなのかな……。」

京也さんはそれがハルカのことだとわかってて言ってるのかな。
私の胸はギュッと締めつけられた。

普通のレベル

「大人ってのはカッコつけた子供のコトだよ。」
「え？」

「色んなコトを色々な理由でやらなくなった子供。」
「どうういうコト？」

「色々と我慢したりするコトを“大人の振る舞い”と呼んだりもするんだってコト。」
「本音を出してないってコト？」

「本音を出して嫌われたり仲間外れになるコトを恐れたりするんだね。」
「そんなのが大人なの？」

「そんなもんが大人なんだ。いつからか虫を捕《つか》まえるためにかけ回るコトもなくなり、泥《どろ》まみれになるコトもびしょ濡《ぬ》れになるコトも避《さ》ける。」
「そんな大人がいたら変だもん。」

「なんで？」
「え？」

「どうして変だと思うんだい？」
「普通の大人はそんなコトしないから。」

「そこだよ。“普通はそんなコトしない”ってヤツ。つまり“世間の常識”ってもんに流されてんだ。」
「他の人と違うコトしてたら恥ずかしくなるのが普通だよ。」

「俺はそう思わないけどねぇ。」
「それは京也さんがおかしいんだよ。」

純粋なままで

「そうかもね。でも俺は流されて我慢する大人はカッコ悪いと思うよ。やりたかったらやればいいんだ。でもみんな自分を変に思われたくないし、仲間外れにもなりたくないんだ。弱い心の大人が多いんだね。」
「私は周りと同じじゃないと不安になる。」

「そうか。じゃあオマエは充分《じゅうぶん》に大人だ。」
「え……。」

「自分の気持ちに素直に従うことがどれだけ純粋で素晴らしいものか。年をとるとそれを忘れちまってどうもいけねぇ。」
「私は……。」

「今なら間に合うよ。」
「……え？」

「純粋なままでいられる生き方。」
京也さんの吐いたタバコの煙が夜空に揺れた。

大人と子供のハーフ

「純粋なまま……。」

「悲しい時に泣けない大人、辛い時に我慢する大人。オマエにはそうなって欲しくないな。」

「私はそんなに純粋じゃないの。」

「俺はそう思わない。オマエはまだ純粋だよ。なるべくなら大事なトコを殺さずにいて欲しいな。」
「京也さんは大人じゃないの？」

「俺は大人と子供のハーフだからね。」
「大人と子供のハーフ？」

「真面目に節度《せつど》を持って生きてきたが限界がきて壊れたレイプ犯の大人と、汚れることなく純粋に生きてきたのにレイプ犯に襲われて高校を辞めて16歳の時に子供を産んだ少女。その間に生まれてきた子供ってのが俺。」
「……。」

私は何も言えなくなった。
それを平然と語れる京也さんはスゴイと思った。

どこにでもある話

私がそんな風に生まれ育ったらどう感じていただろうか。
京也さんは淡々《たんたん》と話を続けた。

「何も驚くことはない。どこにでもある話だ。」
「お母さんは何で京也さんを産もうとしたの？」

「自分の子供には変わりなかったから。それだけだよ。」

「すごいね。」

「いや、お袋にとっちゃそれが“普通”なんだよ。そこで堕《お》ろすって選択をする方がお袋にしてみれば“異常”なんだ。」
京也さんはそう言ってフッと笑った。

「私だったら産めない。」
「うん。それが世間で言うところの“普通”なんじゃない？
ウチのお袋は愛情が無条件に溢れてる人だったからねぇ。」

「だった……過去形？」
「うん。10年前に俺の目の前でトラックにはね飛《と》ばされて死んだ。」

私は絶句《ぜっく》した。

俺が殺した

「……京也さんの目の前で……。」

「すげぇスピードだったからな。一瞬《いっしゅん》で即死《そくし》だったと思う。ある意味、苦しまなくて良かったのかもな。」
「何でそういう風に言えるの？　お母さん死んじゃったんでしょう？　悲しいコトでしょう？」

「悲しいよ。でもね、泣いたところでお袋は帰ってこないし、俺が泣いてたらお袋が悲しむ。お袋はそういう人だった。だから俺は泣かなかった。」

「トラックの運転手はどうなったの？　刑務所《けいむしょ》？」

「もうこの世にはいないよ。」
「事故の時に死んじゃったの？」

「俺が殺した。」

冗談？

「……冗談でしょ？」

「いや、本当だよ。それから俺はこっちに移り住むことにした。得体《えたい》の知れないヤツを住み込みですぐに雇《やと》ってくれるトコなんて限られてるからな。今の店のオーナーが拾ってくれるまではキツかったよ。」
「……どうやって殺したの？」

「超能力。」
「えっ？」
「アッハッハ。冗談《じょうだん》だよ。」
「なんだ〜。ビックリした〜。本当に殺しちゃったのかと思ったよ〜。」
「ん？　そっちは冗談じゃねぇぞ。あ、悪い。そろそろ仕事行くわ。」
「えっ？……あっうん。」

結局、それ以上のことは聞けないまま、京也さんは去って行った。

『どこにでもある話だ』
そう言った京也さんの目はどこか哀《かな》しく、何かを諦《あきら》めたようでもあった。

京也さんがお母さんを轢いた運転手を殺したというのは本当なんだろうか。
やっぱり冗談なんだろうか。
私には京也さんの本当の気持ちがわからない。

第２章　歌舞伎町ホスト

ダメ元で！

翌日の昼。
私は急に京也さんに会いたくなった。
京也さんのことばかりが頭の中をグルグル回る。

一人暮し？
ゴハンは自分で作ってるのかな？
作って持って行こうかな？
でもそんなの迷惑かな？

『なんだよいきなり、図々《ずうずう》しい女だなぁ。』
なんて言われたらどうしよう。
でもひょっとしたら喜んでくれるかもしれない。
そうだよ！　ダメ元でも頑張るんだ！

私は決意した。

太陽が沈んだ

太陽が沈む頃。
私は大きいタッパーに肉じゃがを入れて公園に持って来ていた。
ブランコに座って、ケータイをバッグから出した。
緊張してケータイを持つ手が震えた。

プルルル……プッ
『ハ〜イ！　京也です。太陽の……』

聞き覚えのある留守電が流れた。
まだ寝てるのかなぁ。
私は留守電の音声を相手に話しかけた。
「もう太陽沈んじゃったよ？　京也さん」
その時、電話から留守電の音声じゃない京也さんの声が聞こえた。

『そうだねぇ、もう太陽沈んじゃったね。』

ジャガイモ嫌い

突然電話から聞こえた京也さんの声に意表《いひょう》を突かれて焦《あせ》った。

「あっ！　京也さん！」
『どうした～？　デートのお誘いかな？』
「あっあの……肉じゃが作ったから……まだゴハン食べてないならどうかと思って……」
『俺、ジャガイモ煮たの嫌い』

「えっ……あ、じゃあいらないよね。ゴメンなさい！　なんかいきなり……」
『ジャガイモ以外のヤツは食えるから食うよ。』
「え……ホントに？」
『うん。ジャガイモはオマエが食って。俺は肉担当で！』

「うん！　わかった！」
『今、公園にいるんだろ？』
「え？　なんでわかるの？」

『車の音が聞こえたから。それにオマエ、いつもそこにいるじゃん。』
「いつもじゃないよ〜。」
『そこで待ってな。今行くから。』

「うん！」

カプリパンツあの世逝き

ダメ元でも言ってよかった。
肉じゃが作ってよかった。
私はニコニコしながらタッパーを抱きしめた。
ちょっと抱きしめる力が強すぎてタッパーからおツユが漏れ、カプリパンツにこぼれてしまった。

「あ！　やっちゃった！」

白いカプリパンツなんか履いてくるんじゃなかった。
私のテンションはガタ落ちだった。
私が水飲み場でシミと格闘《かくとう》していると後ろから声がした。

「アッハッハ。何してんだ？」
「肉じゃがの汁が付いちゃって……。」
「あ〜そりゃ洗濯しないと落ちないよ。」
「あ〜ぁ。」
「水道じゃいくらやっても無駄だ。ほら、行くぞ。」

私はシミを落とすことを諦め、京也さんの後ろをトボトボついていった。

脱ぎな。

10分程歩くと京也さんの家に着いた。
モダンな４階建てのマンション。
京也さんの部屋はその２階の角部屋だった。

「どうぞ。上がって。」
「お、おじゃましま〜す。」

男の人の一人暮らしの部屋に入るのは初めてだ。
何か変に緊張してキョドってしまう。
京也さんは私の方を振り返ってこう言った。

「脱ぎな。」
「……えっ？」

私はドキッとした。
いきなり脱げって……。
私は軽い女だと思われてるんだろうか。
それとも抱きたくなっただけ？
やっぱり遊び人なのかな……。
別に私もイヤじゃないけど、こんな突然……。

京也さんは……どういうつもりなんだろう？

ハーフパンツ

「ハーパンくらいしかないけど。ハイ。脱衣所《だついじょ》はあっち。洗濯機に放り込んでボタン押せば自動で動くから。」
「あっ……。」

京也さんは洗濯してシミを落とすために脱いで来いって言ったんだ。
私は自分の勘違い妄想《もうそう》が恥ずかしかった。
よく考えたら当たり前だ。
こんなに大きくシミになってるのに。

「乾燥機もあるからすぐ終わるよ。1時間くらいかな。」
「スっ、スイマセン！　なんか……。」
「ん？　いいよそんなの。それより早く脱いで着替えてきな。飯食おうぜ。」
京也さんは笑顔でそう言って食器棚《しょっきだな》を開けた。
京也さんのハーフパンツはブカブカだった。
腰のヒモがなかったら普通にずり落ちてたと思う。

京也さんはハーフパンツを履いた私を見てこう言った。
「ありゃ。やっぱデカかったね。それ、俺でもデカイもん。」
「うーん。でも大丈夫。」
「じゃあ食べますか。」
「うん！　食べて食べて。」

京也さんはお味噌汁を温めてお椀によそった。
「はい。これ持って行って。」

「あ、タマネギのお味噌汁だ～。私コレ好きなの。」
「あ、ホント？　俺も好きなんだよね、コレ。よく作るんだ。」
「料理できるんだね。」
「まぁ、大抵《たいてい》のものは出来るかな。キッチンのバイトもやってたからね。」
「そうなんだぁ。」

ゴハンも２人分よそって晩ゴハンの支度《したく》が出来た。

思い出し笑い＝エッチ？

京也さんは私の作った肉じゃが（じゃがは食べてないけど）を美味しそうに食べてくれた。

「美味しいですか？」
口に合うかどうか気になって聞いてみた。
「あ、肉ウマイ！」
京也さんは笑顔でそう答えてくれた。
「ホント～？」
「オマエの味付け、ちょうど良いよ。」

笑顔でそう言ってくれる京也さんを見て、私は作って良かったと思った。
今度は何を作ろうかなぁ。
考えてたらワクワクしてきた。

「な～に笑ってんの？」

そう言われて私は京也さんがこっちを見てることに気付いた。
「あっ……何でもない！　何でもないです。」
「そっか。思い出し笑い？　さてはオマエ、エッチな子だな？」
「え～!?　何で～？」
「思い出し笑いする人はエッチなんだよ。俺もよく思い出し笑いするもん。」

「じゃあ京也さんもエッチなんだ！」
「キミィ、心外だな。取り消したまえ。」
しかめっ面のおじいちゃんみたいな顔で京也さんが言った。

「アハハ。誰のマネ？」
「わかんない。悪徳《あくとく》政治家っぽい。」

私は京也さんと会話してるだけですごく楽しい。

お着替え

カプリパンツの洗濯・乾燥が終わり、私は再び着替えた。
気が付くと時計は20時を回っていた。

「お、もうこんな時間か。俺も着替えなきゃ。」
「あ、ゴメンなさい。お仕事だね。私帰るね。」
「いや、オーナーに呼ばれてるから早いんだ。いつもはもっと遅いよ。」
「そうなんだ。」
「公園まで一緒に行くか？」

郵便はがき

恐縮ですが
切手を貼って
お出し下さい

101-0065

東京都千代田区西神田3-3-9
大洋ビル7F

ミリオン出版株式会社

『**LOVE at Night**』係 行

ご住所	〒			
お電話				
ふりがな / お名前		年齢		歳
		性別	男　女	
ご職業		メールアドレス		

『LOVE at Night』◆読者カード◆

ご購読ありがとうございます。今後の出版物の参考にさせていただきますので、
下記の設問にお答え下さい。ご協力お願い致します。

●本書を何でお知りになりましたか?

1.書店店頭
2.広告を見て　◎新聞・雑誌名（　　　　　　　　　　）
3.書評紹介記事を見て　◎新聞・雑誌名（　　　　　　　　　　）
4.友人・知人に勧められて
5.その他（　　　　　　　　　　）

●お買い求めの理由をお聞かせ下さい。

1.著者が好きだから
2.タイトルに惹かれて
3.興味のあるテーマ・ジャンルだったから
4.カバーデザインがよかったから
5.その他（　　　　　　　　　　）

●ご購入先の書店名をお書き下さい。（　　　　　　　　　　）

●最近読んで面白かった本は何ですか?

●興味があるテーマや、どんな本が読みたいかをお聞かせ下さい。

●定期的にお読みになっている雑誌名をお聞かせ下さい。

●本書に対するご意見・ご感想をお聞かせ下さい。

●メール や郵送で、新刊のご案内をお知らせします。

希望する　希望しない　（○をつけて下さい）

ご協力ありがとうございました。

「えっ、ホント？」
私は思わず喜んでしまった。
こんなんじゃ好きなのがバレバレだ。

「うん。ちょっと待ってて。ソッコーで着替えるわ。」
「あ……私、あっち向いてるね。」
私はもう耳まで真っ赤になってた。
鏡で自分の顔を見たわけじゃないけど、そのぐらいはわかる。
顔がめっちゃ熱かった。

どうしてこんなにドキドキするんだろう。

私と同じ匂い

スーツを着て、ベルトを締めて、高そうな時計とブレスレットをつけて、髪をセットして。
京也さんはドンドンお仕事モードに入っていった。
目つきもキリッとしてきた。

「あ、ねぇ。香水とか使ってる？」
ブルガリの香水を手にした京也さんがこちらを見て言った。

「え？　あ、うん。オーデグッチ使ってる。」
「今持ってる？」
「うん。あるよ。」
「じゃ、ちょっと貸して。」
「うん。いいよ。」

私はバッグからオーデグッチの小ビンを出して京也さんに渡した。
京也さんはそれを手首に付け、首筋に付けて息を吸い込んだ。

「これ気に入った。オーデグッチか。」
「こういうの好き？」
「だってオマエと同じ匂いじゃん。」

私の胸がドキンと音を立てた。

勘違いしたくない！

「オマエの匂い、こないだお台場行った時に良い匂いだなぁと思ってたんだ。」
「えっ……。」
「俺、こういう匂い好きなんだよね。」
「そっ、そうなんだ。」

ドキドキは止まってくれない。
違う。京也さんはこのオーデグッチの匂い自体が好きなんだ。
別に私のことが好きだからこの匂いが好きなんじゃないんだ。
勘違いしないように必死で自分に言い聞かせた。
勘違いだったらショックを受けるから。
だから最初から違うって言い聞かせるんだ。

私は臆病だ。
でもしょうがないんだ。
これも自分を守るため。

自分の胸を痛めないため。

「ん？　どうした？　行くぞ～。」
優しく穏やかな顔で京也さんが言った。

バイバイの時間

京也さんはタクシーを拾うために大通りに。
私は家に。
だから公園の角でバイバイだ。

「お仕事、頑張って。」
「うん。今日はありがとな。ごちそうさま。」
「ううん。ゴメンね。突然来ちゃって。迷惑だったでしょ？」
「そんなコトないよ。」
「ウソ。京也さんは優しいから本音を言わないだけだよ。」
「そんなコトないって。」
「いいよ。無理しないで。」
「とんだマイナス思考だな。」

「私、自分に自信がないから。私、すっごいバカだし……。自分が嫌い。」

次の瞬間――

私は京也さんの腕の中に抱かれてた。

彼の腕の中

私の心臓はすごくドキドキしてて、その音が京也さんに伝わっちゃうんじゃないかってくらいドキドキしてて、もう頭の中は真っ白で何も考えられなくなってた。

京也さんの腕に抱かれてる。
それだけで全身がドキドキしてた。

「……自分のコトをそんな風に言うな。」
京也さんがつぶやくように言った。
「オマエは自分のコトを嫌いかもしれないけど、俺はオマエのコト好きだよ。だからそんな風に言うな。」
私のオーデグッチの匂いをつけた京也さんが呟《つぶや》いた。
「ダメだよ。京也さん。誰にでもそんなコト言ったら。勘違いする子もいっぱいいるんだよ。」
声の震えを止めるのに必死な私は、やっぱり素直になれなかった。

「……そうだな。俺みたいなヤツと関わったら不幸になる。」
京也さんは私の肩を持って自分の体からゆっくり離した。
「……じゃあね。」
私は精一杯《せいいっぱい》の作り笑顔でその場を立ち去った。

長い長い夜

私は帰ってすぐにベッドに突っ伏した。
マクラを抱っこして布団《ふとん》を頭からかぶった。

京也さんは“オマエのコト好きだよ”って言った。
私のコトを好きなのは女の子として？　友達として？
それとも人間的に好きってこと？

京也さんは“自分と関わったら不幸になる”って言った。
それはやっぱり誰にでも好きだって言うから？
それとも……。

もうわかんない。
頭の中グチャグチャだよ。

でも……京也さん。
やっぱり私、京也さんのこと、すごく好きみたいだよ。

ひとりエッチ

京也さんに触れられた私の肩《かた》に、背中に、まだ京也さんの温もりが残ってる気がした。
私はマクラを抱きしめて京也さんに抱きしめられてる時の感覚を思い出した。

マクラをギュッと抱きしめると、胸がギュッと締めつけられて気持ち良かった。
私は何度かギュッギュッと抱きしめた。
「京也さん……んっ、んっ……。」

でも、京也さんは私に手を出そうとしてこなかった。

それどころか、キスもしようとしなかった。

「私には魅力《みりょく》がないのかなぁ……。」
そんな風に考えると少し寂しくなってきた。
京也さんのお客さんの中にはホステスの人もいるらしい。
そういう人たちは美人でスタイルも良くてエッチも上手なのかもしれない。

「私も京也さんにもっとアピールしないとダメなのかなぁ。」
マクラを股《また》に挟《はさ》んで、少しだけ押し付けてみた。
京也さんの隣に寝て、こうして足に絡ませたら京也さんも我慢できなくなるかもしれない。

「京也さん……もっと…お願い…もっと押し付けて……。」
だんだん入り口の辺りが熱くなってきた。
私はもっともっとマクラを押し付けて腰をくねらせた。

「あっ、あっ……京也さん…ダメ…ダメだよぉ……。」
私はそう言いながらパンツの中に手を入れた。
入り口の辺りはもうグッショリしていた。
中指を上に向かってクッと曲げると、シビれるような快感が走った。
「あっ……！」

それがスゴく気持ち良くて、何度も何度も繰《く》り返《かえ》した。
「あっ！　あっ！　ああぅ！　んんっ、んんっ！」
声が大きくなってきて、お母さんに聞こえちゃうんじゃないかと思い、私は口を閉じて声を押し殺そうとした。

「んっ、んっ、ぁあっ……。」
それでも気持ち良くて声は自然と出てしまっていた。
しばらく続けていると奥の方から何かがジワジワとモレ出てくるような感覚があった。

私はつま先をピンと伸ばし、顔を上に反らしたまま続けた。
目を閉じてギュッとマクラを抱えた。

「アァッ、ハァッ、ハァッ……！」
私の息遣いはドンドン荒くなっていた。

「あああっっ！　んんっ！　んんっ！　あぁ！　京也さん！　京也さん…ンンッ!!!」
私はそのままグッタリと果ててしまった。
タオルケットが敏感になっている肌《はだ》に心地良かった。

私はしばらくボーッと余韻《よいん》に浸《した》っていた。

京也さんのことを考えて一人エッチしちゃうなんて……。
欲求不満《よっきゅうふまん》なのかなぁ、私。

友情の糸

ウトウトしだした時、ケータイの着メロが鳴った。
【ーハルカー】
画面にはハルカの名前が出てた。
……なんだろう。

ちょっとだけ後ろめたい。

「……もしもし。」
私は恐る恐る電話に出た。

『アンタなんかもう友達じゃない！』
電話越しにハルカの怒鳴り声が聞こえてきた。
「えっ……。」
私はハルカの言葉に胸が痛くなった。
『私、見たんだからね！　京也と２人で公園の近くで抱き合ってたでしょ！』
私はドキッとした。
あの時、私たちはハルカに見られてたんだ。

「違うの、あれは……。」
『言い訳しないでよ！　同情でもする気？　どうせ勝った気でいるんでしょ！』
「ハルカ……。」
『もうアンタとは友達でも何でもない。気安く私の名前を呼ばないで！』

プツッ　プーップーッ

電話が切れた時、私は喪失感《そうしつかん》に襲《おそ》われた。
電話が切れたことがハルカとの友情の糸が切れたことのように思えた。

ハルカと私

私は結局、朝になるまで起きていた。
ハルカとの電話から数時間、私はずっと考えごとをしてた。
もうこのまま、仲直りすることなんてないんだろうか、と。

ハルカは高校に入って初めてできた友達だった。
高１の時に同じクラスになって、席が近かったことから話すようになった。
色々な話をして仲良くなって、気が付いたらいつも一緒に行動していた。
ミッコたちと知り合ったのはその後だった。

ハルカの家に泊まりに行ったこともある。
その日は一晩中、お互いの過去の話をした。
なかでも、中学の時に塾の先生が好きだったという話は特に盛り上がった。

先生に比べたら同級生の男の子たちが子供に見えた、とか。
そういう話で「わかるわかる〜！」と共感しあえた。
その他にも中学のバレンタインの時の話、修学旅行の話、初恋の男の子の話。
話題は朝まで尽きなかった。

ハルカ……。
もう仲直りできないの？
仲直りしたいって思う私はワガママなの？

怖がり

気が付くと私は寝ていたらしい。
枕元で着メロが鳴っていた。

「うーん……もしもし……。」
私は半分ウトウトしながら電話に出た。
『あれ？　まだ寝てたのか。』
私は聞き覚えのあるその声に飛び起きた。
「京也さん！　ど、どうしたの？」
私は焦って飛び起きた。

『いや、何してるかなぁと思って。もう夕方だぜ？　起きないの？』
「ううん。起きるよ。」
『じゃあ、後でウチ来ない？』
「え！　で、でも……。」
『お客さんに映画のDVD貰《もら》ってさぁ。一緒に観ようよ。』
「DVD？　何のDVD？」
『うーんと～、【催眠】とかいう映画。』

「怖いヤツ？」
『……ちょっと怖いらしい。』
「……うん。わかった。今から準備して行くね。」

聞きたくない！

京也さんとの電話を切った後、ハルカの顔がよぎった。
私がしてることはハルカからしてみたら裏切りなのかもしれない。
そう思うと、一瞬迷った。
でも……私は京也さんが好きだ。
だから自分に素直にならないときっと後悔する。
私はお風呂に入って着替えて家を出た。

そして公園の前を通りかかった時、公園の方から女の声がした。
「やだ〜ヒロくん、超面白〜い！」
私がその声に振り返ると、ベンチに元彼のヒロくんがいた。
その横にいて笑ってるのはトイレでミッコとバトった女だった。
ヒロくんはこっちに全く気付いてなかった。
女が私に気付いてニヤリと笑い、わざとらしく大きな声でこう言った。

「今日、ヒロくんち行ってもいい〜？」

私は耳を塞《ふさ》いで走った。
涙が頬を伝っていた。

「悔しくない！」
大声で自分にそう言い聞かせて走った。

言ってみ？

私は京也さんのマンションの前にいた。
でもこんな顔じゃ中に入れない。

「よく泣くね、オマエ。」
マンションの2階から京也さんが見ていた。
私は慌てて涙を拭《ぬぐ》って言った。
「泣いてないよ！」
泣くことはあの女に負けることになる気がして声を荒《あら》げてしまった。

「わかったよ。いいから入んな。近所迷惑になっちまう。」
京也さんが手招きして部屋に入っていった。
私も階段を登って京也さんの部屋に入った。
「で、何があったんだ？　言ってみ？　聞くから。」
京也さんはペットボトルのミルクティーをグラスに注いで私の前に置いた。

私はヒロくんとのことを話した。
ヒロくんとの出会い、別れに至った理由。
そして今日の出来事。

京也さんは黙って聞いててくれた。

オーデグッチ

「……その男はオマエへの愛情よりも自分のプライドの方が大事だったわけか。」
タバコをくゆらせながら京也さんは言った。

確かにそうだ。
ヒロくんはそこまで私のことを好きじゃなかったんだ。
私はその言葉を聞いてまた泣いた。

「あ、なんかこれじゃ俺が泣かせてるみたいじゃん。」
京也さんはそう言って笑った。
「ゴメンね。泣いてばっかりで。もう平気だと思ったんだけど、やっぱり実際に見ると辛い。」
私は必死に泣き止もうと思ってそう言った。
京也さんのことが好きなのに、私はなんで泣いてるんだろう。
これじゃ京也さんに、まだヒロくんのことが好きなんだと思われるかもしれない。

「いや、泣きたい時は泣いた方がいいんじゃん？」
京也さんは私の隣に来て頭を撫でてくれた。
「我慢はカラダに良くないっしょ。」
京也さんが微笑んでそう言ってくれた時、心がキュンと泣いた。
そして私は京也さんに抱きついて思いっきり泣いた。
「よしよし。」
京也さんはずっと頭を撫でてくれた。

京也さんの匂いはオーデグッチだった。

思ってたよりも

しばらく泣いたら、だんだん落ち着いてきた。
京也さんはティッシュを数枚とって、私のマスカラ入りの黒い涙をトントンと押さえるように優しく拭いてくれた。

「あ、化粧落ちちゃった！」
泣きすぎて鼻のつまった声で私がそう言うと、京也さんは「アハハ。鼻つまっちゃってるね。」と笑った。
「しかし、他の男のコトをそこまで想われてるとちっと痛いな。ハハッ。」
京也さんはため息まじりに苦笑してそう言った。

「えっ？」
京也さんの言葉に私は驚いた。
「ど、どういう意味？」
私は顔を上げて聞いた。
「何でもない。ただ……。」
京也さんは言いかけて止めた。
「ただ……何？」
私は問いただした。

「俺、自分で思ってたよりもオマエのコト好きみたいだ。」
そう言うと京也さんは決まり悪そうに目を逸《そ》らした。
しばらく沈黙が続いた後、京也さんが言った。
「あっ！　そうだ。DVD見るんだ！」

青白い欲情

私たちは居間のソファーに並んで座った。
映画に集中できるように部屋の電気を消した。
リモコンの“再生”を押すと、「キュイーン」という機械音が響《ひび》いた。

映画の内容はドンドン進む。
でも、映画の内容なんか頭に入ってこなかった。
そのぐらい心臓がドキドキしていた。
京也さんはドキドキしてないんだろうか。
私は京也さんの方をチラっと見た。

暗くした部屋にはテレビのモニターからの灯りしかない。
その青白い光に照らされて京也さんの横顔が見えた。
京也さんは映画に集中してる。
私はその姿をじっと見ていた。

ふと、京也さんがこっちを見た。
目が合った。
視線を逸らせなくなった。
暗闇の中で私は、京也さんの目だけを見てた。

そして私たちは

何も言わずにキスをした。

俺の側《そば》に

触《ふ》れた唇が離れた。
私は恥ずかしくなってうつむいた。

京也さんの腕が私を引き寄せた。
そして京也さんは私を抱きしめた。
私もそっと京也さんの背中に手を回した。
すると、それに応えるように京也さんはギュッと抱きしめてきた。
しばらく無言で抱き合った後、京也さんはそっと私の身体を離し、うつむいてる私に向かってこう言った。

「俺を見て。」

恥ずかしい。
見つめられることがこんなに恥ずかしいとは思わなかった。
それでも私は生唾《なまつば》を飲みながら京也さんの目を見つめた。
京也さんは私の目を見てこう言った。

「俺の側にいてくれないか。」

ありがとう。

ドキドキが止まらなかった。
頭がパニックになっていた。

何か言わなくちゃ。

早く何か言わなくちゃ。
気持ちばかり焦っていた。

「あ、私……。」

言葉が続かない。
何て言えばいいんだろう。
何て言えば伝わるんだろう。

「私も……京也さんの側にいたい。」

そう言った瞬間、顔から火が出るかと思うくらい熱くなった。
思わず、両手で顔を押さえていた。
すると、京也さんは私を抱きしめてこう言ってくれた。

「ありがとう。」

京也じゃねぇ

「でもね。」
京也さんが急に言った。

「俺は京也じゃねぇんだ。」
「え？」
私には意味がよくわからなかった。

「京也は源氏名《げんじな》だから。」

「源氏名？」
「お店で使う名前だよ。」
「じゃあホントは何ていう名前なの？」
「京介。」
「あまり変わらないんだね。」

私は本名を教えてもらったことが嬉しくてちょっとニヤけてしまった。

「客には本名を教えてないんだ。」
「ハルカにも？」
「あぁ、そうだな。」
彼の本名を知ってる人はあまりいないんだろうと思うと、なんかちょっと嬉しかった。
私をちょっと特別扱いしてくれてるのかな。

その日から私は“京介さん”と呼ぶようになった。

女子高生通い妻

それからというもの、私はたまに京介さんの家に行くようになった。

学校から帰る途中に京介さんのマンションに立ち寄り、京介さんの“朝ゴハン”を作る。
夕方に“朝ゴハン”を食べるというのがちょっと不思議な感じだった。

私も一緒に“晩ゴハン”を少しだけ食べる。
家に帰ってからも晩ゴハンがあるから、あまり食べ過ぎると家で食べられなくなるから。
それでもお母さんには「最近、少食ねぇ。」と言われていた。

夜になると京介さんはスーツに着替えて仕事に出かける。
シャツにアイロンをかけるのも私がやるようになった。
なんかちょっと同棲《どうせい》してるみたいで嬉しかった。
女子高生の通い妻。
そんな自分がちょっとだけイイ奥さんになれそうな気がしていた。

「オマエの写真が欲しくて店からコレ借りてきた。こっち向いて。」
私がキッチンにいる時、京介さんはそう言って私にポラロイドカメラを向けた。

ガマンできるの？

京介さんの家に行くようになってから、放課後が待ち遠しくなった。
学校の渡り廊下で昨日のことを思い出していた。
京介さんは私のポラロイド写真を持って仕事に行ったんだろうか。
それで仕事の合間に私の写真を見てくれてるのかな……。

「なーにニヤニヤしてんの？」
振り返ると、ミッコがいた。

「えっ？　私、ニヤニヤしてた？」

「してたよ〜。ちょっと見てて笑えるくらいだったよ。」
「やだ〜、すごいバカっぽいね、それ。」
私はちょっと恥ずかしくなって笑った。

「京也さんと進んでんの？」
「うん……まぁね。」
「そっかぁ。もうヤったのかぁ。」
「えっ……いや、そっちはまだなんだけど……。」
「あ、そうなんだ。」
そこで少し妙《みょう》に沈黙《ちんもく》があったような気がして私は言った。

「……変だよね？」
「なにが？」
「普通、男の人ってそういうの我慢できないはずだよね？」
「本気で好きだったら理性《りせい》のある男は我慢できると思うよ。」
「でも、もう付き合って1ヶ月も経《た》つんだよ？」

ミッコは中庭でバレーボールをしてる男の子たちを見ながら言った。

「ウチの学校の男どもはダメだろうけどね。エッチすることしか頭にないじゃん。」
「でも、それが普通なんじゃないの？　好きならヤリたくなるんじゃないのかなぁ？」
「大事にされてるんじゃん？」

大事にしてくれてるのかなぁ。
京介さんは私のことを好きだと言ってくれた。

それで付き合うことになったけど、それからは何も言われてない。
キスはしてくれるけど、エッチはしてない。
あー、ケータイで京介さんの写メを撮っておけばよかった。
プリでも写メでもいいから欲しいな。

見かけない

金曜の夜は京介さんの家に泊まる約束をした。
次の日は土曜日で学校がお休みだからだ。

約束の金曜日。

学校が終わるとダッシュで京介さんの家に向かった。
途中、ミッコに会った。
「あら？　ちょっと〜。急いでどこ行くの？」
「あ、ミッコ。うん、ちょっと約束があってね……。」
「そっか。京也さんと上手くいってんだね。」
「……うん。」
「良かったね。幸せそうじゃん。」
「うん……。」

「あぁ、そういや最近ハルカ見かけないんだけど知らない？」
「えっ？」
そういえば、あの日からハルカには会ってない。
学校でも会っていなかった。

私のせい？

「なんか学校にも来てないみたいだし……。」
「私のせいかなぁ……。」
「うん。それはそうかもね。」
「えっ。そんなアッサリ言わないでよ。」
「いや、ココでそんなコトないよ〜、とも言えないでしょ。」
「うん……。そうだね。ミッコのそういうサッパリしたトコは好きだよ。」
「実際、アンタが京也さんと付き合いだしてから見かけなくなったし。」
「やっぱり私のせいだね……。」

私は少しうつむいた。
私のせいでハルカが学校に来なくなったんだと思うと、気が重かった。

「でも、選ぶのは京也さんだから。アンタのせいにするのも筋違《すじちが》いでしょ。」
「うん……。」
「まぁ、生きてればそれでいいんだけどね。」
「ちょっと！　縁起《えんぎ》でもないコト言わないでよ。」
「ゴメンゴメン。でも、きっと大丈夫だよ。そこまで弱くないでしょ。ハルカは。」
「うん……。そうだね……。」

ミッコは私の顔を見て心配そうな顔をした。

「でも、京也さんはホストだよ。大丈夫なの？」
「大丈夫って？」
「自分も遊ばれてるかもって思わないの？」
「それは……わかんないけど……でも、私はまだお客さんになれるような年じゃないし……。」
「う～ん、そっか……あれ？　アンタ約束があるんじゃないの？」
「あっ、そうだった！　ゴメン、ミッコ。またね！」

私はまたダッシュで京介さんのマンションに向かった。

かなわない

京介さんのマンションに着くと、京介さんはもう起きてスーツに着替えていた。

「今日は早起きだろ？」
京介さんが笑顔でそう言った。

「どうしたの？　こんな時間に起きてるなんて珍しいね。」
「オーナーに呼ばれてるんだ。」
「オーナー？　社長さん？」
「う～ん、まぁそうだね。俺らを雇《やと》ってる人。」
「じゃあ、いつもより早く行っちゃうの？」
「うん。もうそろそろ出る。」
「え～。」

私は思わず残念そうな声を出してしまった。
でも、言ってすぐに後悔《こうかい》した。

お仕事なんだから邪魔《じゃま》しちゃいけないのに。
ワガママ言う女なんて面倒《めんどう》だと思われちゃう。
つい、寂しくて言ってしまった。
もっと『理解ある大人の女』になりたいのに。

「ゴメンな。飯は一緒に食えないや。」
京介さんが申し訳なさそうにそう言った。
「ううん！　お仕事だもん。頑張ってきて！」
私は京介さんを困らせないように、すぐに笑顔を作った。
京介さんは私の頭を撫でながら笑顔で言った。
「無理しないでいいよ。寂しいと思ってくれるのも嬉しいから。」

京介さんにはかなわない。

2連敗

「じゃあ、行って来る。」
「うん、行ってらっしゃい。」

私は玄関のキッチン前で手を振った。

パタン
玄関のドアが閉まると私は急に寂しくなってきた。

ブォォォン
裏の駐車場から京介さんの車のエンジンの音が聞こえる。
私は車を見送ろうと、裏の駐車場が見える窓を開けた。
しかし、車に京介さんの姿はなかった。

「あれ？　どこに行ったんだろう？」
私は辺りをキョロキョロと見回した。
どこにも京介さんの姿は見えなかった。

ピンポーン
その時、急にチャイムが鳴った。

「俺〜。開けて。」
京介さんの声だった。
私は急いでドアを開けた。

「どうしたのっ……。」
ドアを開けると、いきなり京介さんにキスされた。
「忘れ物。ちゃんと留守番してろよ。」
京介さんはそう言ってニコッと笑って出かけていった。

やっぱり京介さんにはかなわない。

買い物帰り

待ってる間、私は京介さんにとっての晩ゴハンの支度をすることにした。

晩ゴハンと言っても食べる時間は朝なんだけど……。
生活時間が半日くらいズレてるとやっぱりなんか変なカンジがする。

メニューは何がいいだろう？
やっぱりお酒飲んでくるから重いのはダメだよね。

スーパーの中をブラついているとユッケジャンスープが売っていた。
真空《しんくう》パックされたスープを鍋《なべ》に入れて、野菜と一緒に煮込むらしい。
“二日酔いもスッキリ！”とか書いてある。
私はそれと野菜を買って帰った。
帰り道、私は京介さんに食べてもらう時のことを想像して、ニヤニヤしながらスーパーの袋をブンブン振り回して歩いていた。

そして、公園の前を通りかかった時、突然ハルカが目の前に現れた。

「待ってたよ。」
ハルカの目は真っ赤だった。

恐怖

ハルカの目は普通じゃなかった。
例えようもないほど恐ろしい目だった。
そして、手にはカッターナイフを持っていた。

「アンタさえいなければ！」

ハルカの顔は殺意《さつい》に満ちていた。
私は足を震わせながら後ずさりした。

「殺してやる！」
ハルカが私の方に走ってきた。
ハルカはカッターを振り回して私の腕を切りつけた。
その瞬間、腕に激しい痛みを感じた。
「キャァー!!」
私は悲鳴を上げてスーパーの袋を投げつけた。
袋がハルカの手に当たり、ハルカは持っていたカッターナイフを落とした。私は必死に逃げた。

「待てぇぇ！」
ハルカは追いかけてくる。

怖い。
私は殺される。
私は必死になって逃げた。

角を曲がった瞬間、目の前を閃光《せんこう》が走った。

第３章　絶 望

薄れた意識の中で

気がつくと、私は病院のベッドの上だった。
激しい頭痛……そして全身が痛む。

「私、どうなっちゃったんだろう……。」
すぐに思い浮かんだのは京介さんの顔だった。
「ケータイ……どこ行ったんだろう……電話しないと……。京介さんに……電話しないと……。」
そこでまた気を失った。

時折《ときおり》、ボンヤリした意識の中に看護婦さんらしき人が見えた。
お母さんらしき人も見えた。
京介さんは見えなかった。

絶《ぜっ》対《たい》安《あん》静《せい》

目を覚ますとお昼だった。
目の前にはお母さんがいた。

「あ、起きた。良かった……ウワァ〜ァァ……本当に……良かった…ウッゥウッゥ……。」
お母さんは私の顔を見て大声で泣き出した。
「お母さん、私……どうしてココにいるの？」
私はお母さんにそう聞いた。
「覚えていませんか。アナタは事故に遭《あ》ったんですよ。」
泣きやまないお母さんの代わりにお医者さんが答えた。

「事故……？」
私は事故に遭ったらしい。
全く覚えていなかった。

「突然、車の前にアナタが飛び出してきたので、運転してた方は避《さ》けられなかったらしいです。」
お医者さんは事故の状況《じょうきょう》を説明《せつめい》してくれた。
「あんた……３日も寝てたのよ。お母さん、もうダメかと思ったんだから。うっうっ……。」
お母さんはまだ泣いている。

３日……３日!?
京介さんに電話しないと！
私は飛び起きようとした。
しかし、すぐに体中に激痛が走って、それは無理だとわかった。

「ダメダメ、動いちゃ！　腕に傷があるし、色んなところの骨が折れてます。今は安静にして下さい。」
お医者さんが慌《あわ》てて私を止めた。

キレイな夕焼け

「お母さん、私のケータイは？」
仰向《あおむ》けに寝ながら私はお母さんに聞いた。

「あんたのケータイならお母さん持ってるよ。何度も何度も電話が鳴ってたわ。」

「えっ！　お母さん、電話に出た？」
「ううん。出てないわよ。出た方が良かったの？」
「誰から？　誰から電話きた？」

「【京介さん】って表示されてたわね。メールも何件かきてたみたいだけど。」
「見たい！　今すぐ見たいよ、お母さん。」

お母さんは病院ではケータイを使えないので家に置いてきたらしい。「すぐに取って来てあげる」と言って病室を出て行った。

私は窓の外を見た。
夕焼けがキレイだった。
涙が止まらなかった。

京介さんに会いたい。

メールの内容

日が沈んだ頃、お母さんがケータイを持って戻ってきた。

「お待たせ。持って来たよ。充電器も。ハイ。」
「ありがとう。お母さん。」
私はかろうじて動く左手でケータイを操作《そうさ》した。
着信履歴《ちゃくしんりれき》は全て京介さんの名前で埋《う》まっていた。
メールも沢山入っていた。

事故に遭った翌日の朝のメールは４件。
【あれ？　家にいないけど買い物か〜？】
【今、どこにいる？】
【お母さんに怒られて家に帰った？】
【もう寝るよ。起きてメール見たら連絡してくれ。】

翌日の夕方から夜中にかけてのメールも４件。
【どうしたんだ〜？】
【もう会わない？】
【せめて連絡くらいしてくれよ。】
【何かあったのか？　心配だよ。】

事故２日後のメールが３件。
【ハルカに聞いた。元彼とヨリ戻ったんだって？】
【もう話したくもないか。】
【わかったよ。今までありがとう。元気で。】
それを最後に、着信もメールもきてなかった。
ヨリが戻った？
戻ったってどういうこと⁇

思い出した。
私はナイフを持ったハルカに追いかけられてる最中に事故に遭ったんだ。
そして、ハルカが京介さんにウソを言ったに違いない。

私はショックを受けた。

すぐに行く！

「どうしたの？　大丈夫？」
お母さんが私の顔を見て心配している。

「ちょっと電話したい。お母さん、ちょっと一人にして。」
「うん。わかった。終わったら呼んでちょうだい。」
「ゴメンね。」
「いいのよ。」
私は京介さんに電話をかけた。

プルルル

「もしもし！」
京介さんは1コールで出た。
「京介さん、ゴメンね。」
「……いいよ。」

「違うの。私、今入院してるの。」
「えっ⁉　えっ⁉　どういうコト？」
「あの夜、事故に遭って病院に運ばれたの。」
「どこの病院⁉」

私が病院の名前を言うと、京介さんは「すぐに行く！」と言って電話を切った。

ご対面

20分ぐらい経った頃、足音が聞こえてきた。
病院の廊下を走る革靴の音が聞こえる。
間違いなく、京介さんだ。

「お母さん、彼氏が来てくれたよ。」
「え？　彼氏？」
病室のドアが開いて京介さんが息を切らせながら入ってきた。
京介さんは私を見て驚いた顔をしていた。

「大丈夫なのか？」
「色んなとこの骨が折れてるって。」
「治るのか？」
「うん。２～３ヶ月くらいしたら治るって。」
「どうしてこんなコトに……。」
そう言ってからすぐに京介さんはお母さんの存在《そんざい》に気づき、慌《あわ》てて挨拶《あいさつ》をした。

「あっ、スイマセン！　気づかなくて。京介といいます。」
「初めまして。この子のケータイにいっぱい連絡を下さっていた方ね。」
「すみません。事故のコトはさっき初めて知ったもので。」
「あら、知らなかったの？」
「えぇ、違う情報を鵜呑《うの》みに……。」
「違う情報？」

２人が私の方を見た。

私は事故に至《いた》った理由を２人に話した。

関わらないで

ハルカにカッターで腕を切られて、必死に逃げてる最中に事故に遭ったことを２人に話した。

「ハルカがオマエにそんなコトを……。」
京介さんは愕然《がくぜん》としていた。

「そのハルカって子があんたを殺そうとしてきたの？　ハルカって子はあんたの友達じゃなかったの？」
お母さんも驚いていた。
「ハルカも京介さんのコトが好きなの。だから……。」
私はそう言ってうつむいた。

「京介さん、アナタはハルカって子にウチの子と付き合うコトをちゃんと言ったの？」
お母さんは京介さんに厳しい口調で問いただした。
「いえ、俺は特に何も言ってません。こんなコトになるなんて……。」
京介さんは呆然《ぼうぜん》としながらそう言った。

「アナタは何をしてる人なの？」
お母さんはさらに京介さんに問いただした。

「ホストクラブで働いています。」
京介さんがそう言った次の瞬間、お母さんは京介さんの頬を平手《ひらて》でバシッと叩いた。

「出て行ってちょうだい。ウチの子には今後一切、関わらないで。」
お母さんは厳しい口調でそう言った。
「お母さん！　やめて！　京介さんは悪くないんだから！」
私はそう叫んだ。

「……失礼します。」
京介さんはお母さんに深くお辞儀《じぎ》をして病室を出て行った。

「京介さん！　待って！」
私は起き上がろうとしたけど全身が痛んで動けなかった。
革靴の音がゆっくりと遠ざかっていった。

「……お母さんのバカ！」
私は布団をかぶって泣きじゃくった。

退院の日

あれから３ヶ月後、私は無事に退院した。
季節はもう冬になろうとしていた。
あれから、京介さんとは会ってない。
連絡も一切こなかった。
京介さんのケータイも解約《かいやく》されているようだった。

ミッコが退院祝《たいいんいわ》いの花束《はなたば》を抱えて、病院の入り口に立っていた。
「退院おめでとう。」

「ありがとう、ミッコ。学校は？」
「今日は進路指導だけ。私はもう決まってるからサボっちゃった。」

私にとってミッコは同じ年なのにとても大人に見えた。
成績もズバ抜けて学年トップで美人だ。
進学校とは言えないウチの高校から国立の大学に進もうと決めている。
お母さんが車でミッコと私を公園まで送ってくれた。
「ありがとね、ミッコちゃん。花は大事に飾っておくわ。」
そう言ってお母さんは先に家に帰った。

私とミッコは２人でジュースを飲みながらブランコに乗って少し話した。

「ハルカは保護観察処分《ほごかんさつしょぶん》になったらしいよ。」
「そっか……。」
「……ねぇ。カラオケ行こっか！」
「うん！」

ミッコはいつも優しく私の気持ちをいたわってくれる。
涙が出そうになるくらい。

空っぽの部屋

カラオケBOXに行く途中、私は京介さんのマンションを見た。
京介さんの部屋のベランダには大きく「空室アリ」と書かれた看板《かんばん》があった。

カーテンも取り外されていて、誰も住んでいないようだった。

「どうしたの？」
ボーッとしてる私を心配そうにミッコが尋《たず》ねる。

「ううん。何でもない。何でもないよ……。」
「そう……。」
「じゃあはりきって歌いに行きますか～！」
「うん。」
「あそこのBOXの店員にこないだナンパされたんだ。ケーキくらいは出してくれるよ。」
「ミッコは相変わらずモテるんだねぇ。」

私たちはカラオケBOXに入った。

会いに行こうよ！

久々に思いっきり歌った。
カラオケは久しぶりだったので、すぐにノドがかれてしまった。

「あぁ、もうノド痛いよ、ミッコ～！」
「アハハ！　久しぶりだもんね。」
ジュースを飲みながら私たちは休憩《きゅうけい》することにした。

「あぁ、楽しい。ありがとうミッコ。」
「うん……。ねぇ、京也さんから連絡きた？」
「ううん……。」

「連絡したの？」
「うん。でもケータイ解約されてた。」
「そう……。」
ミッコはそう言って少しガッカリしたような目で私を見た。

「京介さん、もう私のコトなんか好きじゃないんだよ。」
「京介？」
私はうっかり本名の方を言ってしまった。

「そっか。京也って源氏名を使ってるんだね。」
「……本当は言っちゃいけなかったの。」
「私は誰にも言わないよ。」
ミッコはそう言って微笑んだ。
そしてうつむく私の腕をポンと押して言った。

「……ねぇ、会いに行こうよ！」
「え？　もうマンションにはいないよ。さっきチラッと見たもん。」
「じゃあホストクラブに！　京也さんの店に！」
「えぇ⁉　本気？」
ミッコは本気で言ってるみたいだった。

買いに行こう。

ミッコは事情を全部知ってる。
私と京介さんが会わなくなった理由も。
ミッコはそれでも会いに行こうって言ってる。
まだ望みはある、とでもいうのだろうか。

そういえば、私は京介さんのお店の名前も場所も知らない。
店の名前も場所も知らなければ会いに行けない。

「京介さんの店、知らないんだ。」
「それなら『Real Life』っていう雑誌に載ってたよ。前にハルカが見てたんだ。」
「リアルライフ？」
「ホストのお店がたくさん載ってる雑誌だよ。」
「そんな雑誌があるんだ……。」
「買いに行こう。ね？」
「でも……ムリだよ……。」
「何が？」
「行っても迷惑に決まってる。」
「フゥ……。どっちにしろアンタこのままじゃ諦《あきら》めがつかないでしょ？　ほら、行くよ！」

ミッコはバッグと部屋の伝票《でんぴょう》を持って行ってしまった。
私はすぐに追いかけた。

「待ってよ、ミッコ！」

Love at Night

コンビニに行くと、その雑誌はすぐに見つかった。
「あった！　これだ！」

店員さんにお金を払い、外に出てすぐに調べ始めた。

歌舞伎
路上

街

日はとっくに暮れて辺りは真っ暗になっていた。
コンビニの前に座り込んで、ミッコがパラパラとページをめくり、私も一緒に探した。
なかなか見つからなかった。

「あ、ミッコ、１ページ飛ばしたよ！」
私がそう言って前のページをめくると、ミッコはフフッと笑ってこう言った。
「なんだかんだ言って真剣に探してる。会いたいんじゃん。」
私は恥ずかしくなって冷やかすミッコに文句を言った。
「もう！　ミッコは～！」

その時、ミッコが大声を上げた。
「あっ！　いた！」
大声ではしゃぐ私たちを道行く人が見てたけど、そんなことに構ってられないくらい嬉しかった。

店の名前は、―Love at Night―。

この店に京介さんがいるんだ。

思い立ったが吉日

その店は歌舞伎町にあった。
店の入り口はスポットライトでキラキラと眩《まぶ》しく照《て》らされ、ホストの写真が沢山貼《は》ってあった。

── No.1　常務取締役　二階堂京也 ──
京介さんの写真の額《がく》にはそう書いてあった。

「京也さん、No.1 になったんだ……。スゴイね。」
ミッコがそう言って私の顔を見た。

「私、あまり知らなかった。京介さんは一緒にいてもお店のコトはあまり話さなかったから……。」
写真の京介さんを見てると何だか違う世界の人っていう感じがした。
「初めて会った時に No.3 だって言ってたくらいだもんね。」
ミッコはそう言った後、店の入り口に向かって歩き出した。

私は焦ってミッコを止めた。
「ちょっと待ってミッコ！　いきなり行くの !?」
ミッコはキョトンとしながらこう言った。
「いきなり行かないなら、何でここまで来たの？」

確かにそうだった。
京介さんに会うためにココまで来たんだ。
でも、何て言ったらいいのかわからない。
心の準備が出来てなかった。

ミッコはさらに続けて言った。
「心の準備なんていつまで迷ってても出来ないよ。思い立ったが吉日《きちじつ》なんだって。」

そしてミッコがドアに手をかけた。

その瞬間、私たちの後ろから声がした。

「アレ？　ひょっとしてお客様っスか？」
振り返ると小柄《こがら》で元気そうなホストが私たちを笑顔で見ていた。

お客じゃない

「あ、あの……私たち……。」
私はパニクって口ごもった。

「俺が見たコトないってコトは新規《しんき》のお客様だよね？　俺、ケンジって言います。ヨロシク！」
彼は嬉しそうにそう言った。

「私たち、えっと……京也さんに会いに来たの。彼はいますか？」
ミッコがハッキリとした口調でそう言った。
「あ、京也さん担当なんですか？　ええ、来てますよ。」
彼はそう言ってドアに手をかけた。
「あ、待って！　私はお客さんじゃないの！」
私は声を振り絞って彼に言った。
「え？　お客さんじゃない？　あ、じゃあ呼んで来ます？」
彼はにこやかに言った。

「私……私……。」
そこからは声が出せなかった。
どうしたらいいのかわからなくなって涙が溢れてきた。
「京也さんに彼女が退院して来たって言って下さい。」

ミッコはマジメな顔をして彼に言った。
「退院？　う～ん、わっかりました。そう言えばわかるんすよね？」
彼はちょっと不思議そうな顔をしていた。
「それでわかるはずなの。お願いします。」
ミッコは私の肩を抱きながらそう言った。

「OKで～す。」
彼はそう言って店の中に入っていった。
ドアが一瞬だけ開いて店の中から大音量の音楽が聴こえた。

『会えない』

「彼、呼んできてくれるって。久しぶりに会うのに泣いてたらダメだよ。」
ミッコはそう言いながら私の背中をポンポンと叩いた。

しばらくすると店のドアが開いた。
さっきのケンジさんだった。
「スイマセン。会えないそうです。」
彼は申し訳なさそうにそう言った。
「なんで？」
ミッコは彼に問いただした。

「理由は聞いてません。ただ、会えないと伝えてくれって言われました。」
彼はうつむいてそう言った。

「もういいよ、ミッコ。ありがとう、ケンジさん。ゴメンね。」
私はそう言って駅に向かって走った。

後ろからミッコの声が聞こえた。
「ちょっと！　待ってよ！」
私はそれでも立ち止まらなかった。

泣きながら走っていると色んな人が私を見ていた。
私は口元を押さえながらひたすら夜の歌舞伎町を走った。

会ってきたんだ。

駅の階段まで来て私は座り込んでしまった。
近くに立ってたオバサンが「大丈夫？」と声をかけてくれた。
私はそれでもひたすら泣いているしかなかった。

10分ほど経っただろうか。
私は少し泣きやんでミッコのことが心配になった。
私はミッコに電話をかけた。
「もしもし？」
『アンタどこまで行ったのよ。』
「私は今、駅の階段のトコ。ゴメンね。」
『そっか。じゃあ行くから待ってなね。』

しばらくすると、ミッコが走ってくるのが見えた。
私はミッコの方にゆっくり歩いて向かった。
「もう～。置いてかないでよ。あ～疲れた。」

ミッコはそう言って私の腕をポンと叩いた。

「ゴメンね。」
私はうつむいてミッコに謝った。
「いいよ。それよりあの後、私は店に入って京也さんに会ってきたんだ。」
「えっ！」
ミッコの言葉に私は驚いた。

ポラロイド

ミッコは京介さんに会って話した時のことを細かく話し始めた。

「まず、ドアを開けて店の中に入って行って京也さんを探したの。」
「うん。」
「そしたら、京也さんは更衣室《こういしつ》にいたの。」
「うん……何をしてた？」
「写真を見てた。たぶん、アンタの写真じゃないかな。」
「あ……。」
あの時の、京介さんの家のキッチンで撮った写真かも。
まだ持っててくれたんだ。
私はまた涙が出てきた。

「で、京也さんに何で会えないのか聞いたんだ。」
「ウン……。」
「そしたら、とにかく会えないんだ。理由は言いたくない、って。」

「もう私のことなんて好きじゃないからでしょ。」
私は自分でそう言うのが辛かった。
『もうダメなんだ』って自分で認めてしまったような気がした。
でも、ミッコはそうは思ってないみたいだった。

「違うと思う。」
「どうして？」
「それだったら、アンタの写真を取っておくかな？」
「それは……。」
「きっと、京也さんは自分のせいでアンタが危険な目に遭ったのを気にしてるんだよ。」
「アレは京介さんのせいじゃない！　私がハルカにちゃんと言わなかったから……。」

私はまた泣いた。

キャッチ

次の日の夜。
私は再び歌舞伎町に向かっていた。

ミッコは一緒についてきてくれると言った。

でも、私は一人で行かなきゃいけないような気がしていた。
一晩中泣いて、覚悟はできていた。

歌舞伎町のドン・キホーテの前を通りかかった時、キャッチのお兄さんが声をかけてきた。
「スイマセ〜ン、こんばんわ〜」
私はいきなり声をかけられてビックリした。
「えっ、あ、ハ、ハイ。」
「今、何してる人ですか〜？」
「あ、ちょっと人に会いに行こうと思って……。」
「あ、どっかのお店？　っていうか働いてる人？」
「違います！　高校生です！」
「あ、そうなんだ〜。大人っぽいなぁ。」
「そんなコトないです……。」
「いやいやいや、自信持っていいよ。ホント。」
「あ、ありがとうございます。」
キャッチのお兄さんはニコニコしながら並んで歩き出した。
それがあまりにも自然だったので少し驚いた。

「ところで、高校生がこんな時間にこんなトコで待ち合わせ？　不良だな〜キミは〜。」
「いえ、あの……彼氏に会おうかと思って……。」
「彼はドコで待ってるの？」
「いや、彼はホストをやってて……。」
「へ〜、マジで⁉　どこの店の人？　俺、この辺なら大抵《たいてい》はわかるよ？」
「ホントですか？　【Love at Night】で京也って名前でホストやってる人なんですけど……。」
「マジで？　京也？　俺、アイツとダチだよ！」
キャッチのお兄さんは嬉しそうな顔をしていた。

「キミ、京也の本名も知ってんの？」

「うん。京介っていうんですよね。」
その時、キャッチのお兄さんはとても優しい顔になった。

ダイちゃん

「俺、キャッチのダイってんだ。大輔だからダイね。」
「ダイさん、ですか？」
「ダイちゃんって呼べよ〜。京介の彼女だろ？」

「あの……私、京介さんに会いに来たんですけど……お客さんじゃないのに勝手に店に行ったら怒られそうな気がするんで……。」
「OKOK！　俺が行って呼んでくるよ！　ここで会ったのも何かの縁《えん》じゃん！」
「ホントですか？」
「あぁ、じゃあ行こうぜプッシーちゃん！」
「プッシーじゃないです……。」
「アッハッハ！　気にしない気にしない！」

ダイちゃんはハイテンションで面白くて、夜の世界の人はみんなこんなに面白い人ばかりなのかなって安心した。

真っ暗

【Love at Night】の看板が目の前にある。
またココに来た。
昨日は泣いて帰ってしまったけど、やっぱり逃げちゃいけない。

「京介もNo.１になったかぁ。最近、ぶっ壊れたみたいに仕事に励んでるって聞いたけど、マジだったんだな。」
「え？　京介さんが……？」
京介さんがそんな風に……どうしてだろう……。
私は少し嫌な予感がした。
「ちょっと待ってな。呼んでくるから。」
ダイちゃんはそう言って中に入って行った。

今日こそ、京介さんに会える。
京介さんはどんな顔で出てくるんだろう。
私はどんな顔をしてればいいだろう。

10分ほど経った時、店のドアが開いてダイちゃんが出てきた。
私はダイちゃんの後ろから京介さんが出てくると思っていた。
でも、京介さんは出てこなかった。

私はダイちゃんの顔を見た。
ダイちゃんの顔には笑顔が消えていた。
「京介さん……は？」
私が恐る恐る聞いた。
ダイちゃんは私と目を合わせることなく言った。

「京介、女ができたから……もう会う気はないって……。」

私は目の前が真っ暗になった。

第4章　再会

悲しみのドン底から

私はしばらく呆然としてその場に立ちつくしていた。

「ゴメン。力になれなくて……。ゴメン……。」
ダイちゃんは私に頭を下げた。
私はその言葉を受け入れられなかった。
頭の中がグチャグチャなまま、何も言わずに呆然と大通りに向かって歩いていった。

「ちょっと待って！」
歌舞伎町一番街のゲート辺りまで来た時、後ろからダイちゃんが追いかけてきた。
「なに……？　京介さんには彼女が出来たんでしょ。もうわかったから……。もういいよ……。もういいから……。」
私はダイちゃんから目を逸らし、力無《ちからな》くそう答えた。
そう言った途端《とたん》、涙が止まらなくなった。
口にすると余計に辛かった。

『もうダメなんだ』と思い知らされたような気がした。
口元を押さえた手に大粒の涙がポタポタと落ちてきた。

そしてさらに10ｍほど歩いて行った時、ダイちゃんが後ろから叫んだ。
「ホントは違うんだ！　アイツは……。」
「え？」
私は振り返ってダイちゃんを見た。

「とりあえず、俺のアニキの店で飲もう。そこで話すよ。」
ダイちゃんはそう言って裏通りの方に私を連れて行った。

BAR『Great dane』

裏通りの小さな飲み屋街に白い看板のバーがあった。
その看板にはこう書かれていた
―BAR Great dane―

ドアを開けて店に入った。
「いらっしゃ……おぅ！　ダイじゃねぇか！　どうしたぁ？
仕事あがるには時間早いだろ！」
カウンターにいるヒゲを生やした男の人がダイちゃんに声をかけた。
「アニキ、ちょっとこの子と話があるんだ。奥のテーブル借りるわ。」
「あぁ、空いてるよ。」

ダイちゃんは奥の席のソファーに座った。
「アニキ、俺にビールちょうだい。あと彼女にウーロン茶。」
そう言ってダイちゃんはタバコに火をつけた。

京介さんの過去バナ

私もダイちゃんがいる奥の席に行った。
ダイちゃんはテーブルに肘《ひじ》を置いて手を組み、深刻《しんこく》そうな顔をした。
「さて、何から話せばいいかな……。」

私はウーロン茶を飲んで黙《だま》っていた。
何か、最後の審判《しんぱん》を受けるような気持ちで緊張していた。
「……今から言うコトを驚かないで聞いて欲しい。」
ダイちゃんは深刻な顔のままでそう言った。
私はゴクっとツバを飲み込んでうなずいた。

「アイツには家族がいないだろう。」
「うん。」
「それは聞いてるか。」
「確か、京介さんの目の前でお母さんがトラックにはねられて亡くなって……それから一人で暮らしてるって……。」
「うん。そうだ。そのトラックの運転手が死んだ理由は知ってるか？」
「京介さんは冗談で俺が殺したって言ってた。」
「それに関するコトなんだけどな。」
「うん……。」
私は両手でギュッとグラスを握《にぎ》りしめた。

「当時の京介は14、5才ってトコだった。ショックも大きかったんだろうな。目は常に宙《ちゅう》を見てたらしいよ。」
「そんな若い時じゃ耐えられないよ……。」
「毎日毎日、アイツはトラックの運転手の家に行った。でも何もしなかった。ただ、ずっと見てたんだ。彼を。」
「うん……。」

「運転手は最初、謝ったりしていた。でもアイツは何も言わなかった。そんな日々が続いたんだ。」
「どのくらい？」
「３週間かな。毎日だ。その運転手が仕事に行く前と帰ってくる時にはいつも、家の前にいて立ってたらしい。」
「何もしないで立ってたの？」
「あぁ、アイツ自身もどうしてそうしたのかわからないと言ってた。……そのうち、運転手も怯《おび》え始めた。殺されるんじゃないか、って。」
「うん。」
「そして運転手はノイローゼになった。そして京介に言ったんだ。ちゃんと償《つぐな》うから勘弁《かんべん》してくれ。俺はどうすればいい、と。」
「うん……。」

「その時に京介は言ったんだ。『死んで母さんに謝れ』って。」

運転手の死

ダイちゃんはビールを少し飲んで話を続けた。
「それからも京介は毎日運転手の家に行った。」
「うん……。」
「そしてそれからは毎日こう言っていたそうだ。『どうして生きてるんだ』『早く死んでくれ』『母さんが待ってる』って。」
「……。」
「それからしばらくして運転手は死んだよ。自宅近くの交差点で事故ってね。」
「どうして……原因は……？」

「眠れなくなってたそうだ。眠ったら死ぬと思いこんでいたらしい。だから睡眠不足が直接の原因なんじゃないかとされた。」
ダイちゃんは上を向いてタバコの煙をフゥーッと大きく吐いた。そしてまた続けた。

「ブレーキ痕《こん》がまったく残ってなくてハンドルを切った跡《あと》もなかったらしいからな。だが、最後に同僚《どうりょう》がトラック無線で運転手の言葉を聞いたらしい。すまなかった、すまなかった、と。」
「じゃあ……自殺……。」
「まぁ、そういう風に処理されたわけだけどね。京介はその時に事故現場にいたらしいよ。そして側に落ちていた運転手の腕を見つけて、足で何度も何度も踏《ふ》みつけていて警察に止められたと言っていた。」
「捕まっちゃったの？」
「いや、厳重注意《げんじゅうちゅうい》で終わったらしいけどね。京介自身、その辺の記憶はしばらく抜け落ちてたそうだ。」

「その時の記憶がなかったの？」
「あぁ、きっと母親を亡くしたショックでそうなっていたんだろうな。京介はそれでも『俺が殺したんだ』と悔《く》いてた。俺が京介から聞いたのは２年前、22 才の時だったかな。」
「２年前……。」

「あぁ、ということは、３年前まではその事故のコトすら忘れてたんだ。」

M.R.T.ビル ↑

ダイちゃんの告白

私はダイちゃんに今までのいきさつを話した。
京介さんと出会ってから今までのことを。

「そうか……。たぶん、京介は自分に不幸の原因があると思ってるんだろうな。だから俺に彼女が出来たなんてウソを言わせたのか。昔、よく言ってたんだよ。俺と一緒にいると不幸がうつるんだぜ、って。笑ってたけど悲しい響きだったよな。」
「不幸がうつる……。だから私を遠ざけたのかな……。」
「そうだろうな。アイツにとってはキミがよっぽど大事なんだろうな。」
「ダイちゃんは京介さんと知り合ってどのぐらいになるの？」
「そうだなぁ……今が24歳だから……かれこれ5年になるかな。」
「長いんだねぇ。」

「俺がキャッチの仕事を始めたばかりの頃にね。知り合いのヤクザの若頭《カシラ》のトコで働いてる女と飲みに行って知り合ったんだ。その頃の京介は目が違ったね。なんつーか、普通の人と違ったよ。俺は本能《ほんのう》でコイツはスゲェと思ってね。お互いの休みの日に家に呼んだんだ。どっちかっつーと俺がムリヤリ呼んでダチになったって感じかな。」
「その頃の京介さんはどんな感じだったの？」
「なんつーか、ドンドン自分を痛めつけたがってるようなカンジがしたな。女もとっかえひっかえ。女にもヒドイ扱いをしてたな。でもね、本当は優しいヤツなんだよ。自分を守るために人を代わりに傷つけてた、だけど自分もそれで結局は傷ついてた、そんな感じだったな。」

「でも、私が会った時は違ったよ。スゴイ優しくて面白くて……。」

「そういえば、ある時期から全然変わったな。ホストとして売れはじめてからかな……」
謎だった京介さんの過去が少しづつわかりはじめた。
優しくて面白い京介さんじゃない、違う一面をもつ京介さんの姿がそこにはあった……。

身内でしょ！

ビールを飲み干してダイちゃんは笑顔でこう言った。

「アイツの心は今、昔みたいに固くなろうとしてる。でもキミなら京介を元に戻せるんじゃないかな。頑張ろうぜ。俺も応援《おうえん》するから。」
「うん！　ありがとう！」

私とダイちゃんは店を出てダイちゃんのお兄さんに別れを告げた。

「今日はありがとう。ダイちゃん。」
「な〜に言ってんだ。このまま帰るわけないだろ。行くんだよ。京介のトコ。」
「えっ？」
「俺も一緒に行くから。今度は絶対に連れてくるからさ。」
そう言ってダイちゃんは店の中に入って行った。

そして２分ほどしてドアが開いた。

京介さんが店の中から出てきて、私と目があった。

再会

私は会えたことが嬉しくて嬉しくて京介さんの胸に飛び込んで行った。
そして思いっきり泣きながら頭の中でグルグル回っていることを全部言った。

「ヒック……京介さん……会いたかったよ。私には京介さんの不幸なんかうつらないから側にいて！　お母さんが反対しても私は京介さんが好きだもん！　京介さんがホストでも関係ないもん！　お願いだからもう昔みたいな怖い京介さんに戻らないで！　私にずっと側にいてくれって言って！　私は京介さんがどんな人でも側にいるから！　絶対に離れないから！」

そう言って私は京介さんにギュッとしがみついた。
京介さんは少し驚いて、私の肩を押し離そうとした。
「もうオマエとは……。」

私はもっと強く京介さんを抱きしめた。
すると、京介さんは肩の力を抜いて、最後には抱きしめてくれた。

「ゴメン……。ゴメンな。もう絶対に離れない。オマエの側《そば》にいるよ。」
京介さんはそう言ってきつくきつく抱きしめてくれた。
そして私が泣きやむまで、ずっと抱きしめてくれた。

ダイちゃんの顔が京介さんの肩越しに見えた。
ダイちゃんは笑顔で裏ピースしてくれた。

ありがとう

私が泣きやんでから京介さんはゆっくりと私から手を離した。
そして私の涙を手の甲《こう》で拭って笑顔で頭を撫でてくれた。

「大輔、ありがとな。」
京介さんはそう言ってダイちゃんと握手《あくしゅ》を交わした。
その時、ドアが開いて昨日会ったケンジくんが顔を覗かせた。

「京也さん、お取り込み中スイマセン。お客さんが呼んでます。」
「あぁ、今行く。悪いな。」
私は京介さんに名刺《めいし》を渡された。
「これが新しい電話番号だ。とりあえず、明日の朝。仕事が終わったら電話する。」
「うん。待ってる。」
私は嬉しくて照れ笑いした。

「大輔、悪いけどオマエ、彼女を家まで送ってくれねぇか。」
「任せといてくれよ。安全に送り届けるから。」
「悪いな、大輔。頼むわ。……じゃあまた。」
京介さんはそう言って店に戻っていった。
帰り道、私はダイちゃんに改めてお礼を言った。

「本当にありがとう。ダイちゃん。」

「いいって。それより、誰か風俗で働きそうな子がいたら紹介してよ。」
「私、まだ高校生だってば。」
「あぁ、そうだった。」

そんなやり取りをして、私たちは笑いながら帰った。

眠って朝になって

家に帰ってすぐにベッドに入った。
色々なことがあって疲れていたのか、すぐに眠くなった。
寝る前にミッコにメールを入れた。
【ミッコ、ありがとう。おかげさまで京介さんと元通りになれました。】

ウトウトしはじめた頃、ケータイが震えた。
ミッコからの返信だった。
【私まで嬉しくて泣きそうだよ。頑張ったね。】

私はまた泣きそうになった。
そして涙をこらえるためにマクラに突っ伏して、気が付いたら眠っていた。

ブーン ブーン

机の上に置いたケータイのバイブ音で目が覚めた。
ケータイの画面を見ると京介さんからだった。

『今から出てこれるか？』
「あ、私……お風呂入ってない……。」
『ウチで入れよ。』
「でも、化粧もしてないし……。」
『じゃあ、30分後にオマエん家の近所のコンビニで待ってる。その間に用意してくれ。』
「わかった！　急いで行くね！」
私は家の階段を急いで降りて洗面所に向かった。

マユゲとアイライナー、マスカラぐらいはやっておかなきゃ。

おはよう

簡単に準備をして着替えてコンビニに走って行った。
そこには京介さんの車が止まっていた。
車の窓は開いていて、京介さんがスースーと寝息を立てていた。
私はその顔を見てクスッと笑って、車の中に頭を突っ込んで京介さんにキスをした。
京介さんは眠そうに目を開いて私に気付くと、私の首の後ろを掴《つか》んで引き寄せ、もう一度キスをしてきた。

「おはよう。」
私たちは車で京介さんの家に向かった。
車の中は暖房《だんぼう》が効いていて、眠気を誘う暖かさだった。
ラジオからはマライア・キャリーの［恋人達のクリスマス］が聴こえてきた。

「もうすぐクリスマスか。この歌、好きなんだよなぁ。」
京介さんはそう言ってラジオに合わせて歌い始めた。
すごくニコニコしながら歌っていたので、私は笑顔で京介さんの横顔を眺《なが》めていた。

2LDK

「ここだよ。」
車で10分ほど走った所、高層ビル街のすぐ近くに京介さんのマンションはあった。
全部で2LDK、一人暮らしには広すぎる部屋だった。

「風呂入るか？」
「あっ、うん。」
「バスタオルは洗面台の上の方の棚《たな》に入ってる。」
「わかった。ありがとう。」
私は早速、お風呂に入った。
髪を洗いながら、「京介さんの家に来れた……。」とつぶやいた。
嬉しくて、胸がジーンとした。
それと同時に『もう離れたくない』と思った。
私はお風呂を出て、バスタオルを体に巻いてリビングに向かった。

「京介さん……。」
麦茶を飲んでいた京介さんは私の姿を見て麦茶を吹き出しそうになっていた。
「ビックリしたぁ！　オマエ、風邪引くぞ！　何か着て来いよ。」
私は首を横に振った。

ふたり

私はソファーに座ってる京介さんの上にそのまま倒れこんだ。

「もう会えないかと思ってた。」
私がそう言って京介さんの胸に顔を埋《うず》めると、京介さんは私の頭を撫でてくれた。
ゆっくり、ゆっくり、撫でてくれた。

そして京介さんは私の頬にキスをし、首筋にキスをし、胸元にキスをしてくれた。
私は京介さんにしがみついた。
「京介さんのコト、ホントにホントに大好き。」
京介さんはニコッと笑って私をお姫様抱っこしてくれた。
そして京介さんはそのまま私をベッドに運んで行った。
ふかふかのベッドの上に私をゆっくり降ろして、京介さんは私のバスタオルを剥《は》ぎ取《と》った。
そしてシャツを脱いで私の上に覆《おお》い被《かぶ》さってきた。

それが私たちの初めての時だった。

京介さんが私の左の耳たぶを口に含んで舌で転がす。
京介さんが私の耳の中に舌を入れる。
京介さんが首すじを優しく撫でる。
私は仰向《あおむ》けのまま、ゾクゾクするような快感でピクンピクンと震えていた。
大好きな人に抱かれるのがこんなにも嬉しくて気持ちの良いものだとは思わなかった。

京介さんの指先が私の右の乳首に触れた時、ピクッと電気が走るような快感が奥まで伝わってきた。
私はもう夢中で京介さんに抱きついて言った。
「もっと触って……お願い……。」
私がお願いすると京介さんはニコッと微笑んだ。

京介さんの舌が私の乳首の周りをクルクルとなぞって、何度か乳首を舌で弾いた。
私は身をよじらせ、京介さんの頭をそっと抱き寄せた。
「んっ……んっ……。」

いきなり私のフトモモの間に京介さんの手が入ってきた。
その手は入り口を触るわけでもなく、モモの内側をこねるように撫でていた。
どうしてすぐに触ってくれないんだろう。
焦《じ》らされてるのかな。

しばらく、そのまま内モモを撫でられていた私はだんだん濡れてきているのがわかった。

京介さんは私に顔を近づけ、私の首筋に点々とキスをして、私の耳たぶにキスして、私の唇に触れた。
そこから私のおっぱいにキスをして、私のおヘソにキスをして、私の内モモにキスをした。

そして京介さんは私のアソコにキスをした。
「やぁ……あぅっ……。」
「カワイイ声だな。」

イジワルな声でそう言う京介さんに胸がキュンとした。

京介さんは私をうつぶせにして背中からオシリにかけて指でなぞった。
京介さんが私の身体のあちこちに触れるたびにビクビクと痙攣《けいれん》してしまう。
その様子を京介さんは優しい目で見ている。
焦らされてるのと触れる指先が気持ち良いのとで、頭が変になりそうだった。

「もうダメだよぉ……。」
私がお願いの表情をしてそう言うと京介さんはクスッと笑って私を仰向《あおむ》けにした。
途端に股を開かされ、京介さんの舌が私のアソコを激しくナメ回した。
「あぁんあぁあぁあぁあぁ！」
京介さんの舌の動きに合わせて私の喘《あえ》ぎ声が部屋に響いた。
そして京介さんはゆっくりと私の中に指を入れてきた。
「はぁぁぁん……あぅう……キモチいいよぅ……。」

京介さんの舌と手はまだまだ止まらない。
「ダメ……もう……ダメっ、あっ、あっ、なんか……なんか来る……あああぁぁぁ！！！」
私は身体を弓《ゆみ》なりに反《そ》らし、京介さんのくれる快感に溺《おぼ》れた。

「入れるよ。」
「……うん。」

そう言って京介さんは私の中に入ってきた。
「んっ……あっ……。」
私は夢中で京介さんの背中に手を回した。

ずっとこのまま京介さんに抱かれていたいと思った。
京介さんの体から流れる汗が私の体にポタリと落ちた。
私は夢中で京介さんを抱きしめた。

京介さんは何度も何度も私を求めてくれた。
私も何度も何度も京介さんを求めた。

幸せに包まれて

目を覚ますと京介さんが隣にいた。
嬉しくて恥ずかしくて布団にちょっと隠れながら寝顔をずっと見ていた。
茶色くてサラサラの髪の毛、かわいい鼻、目の横にある小さなホクロ。
京介さんをこんなに近くでまじまじと見るのは初めてだった。
鼻をつまんだりもしてみた。
京介さんは眠ったまま困ったような顔をして、口を開いたのでクスクスと笑った。

日が沈む頃になって京介さんは起きた。
一緒にジョナサンでゴハンを食べて、車で家に送ってもらった。
京介さんは私が車を降りようとした時、ほっぺにキスをしてくれた。

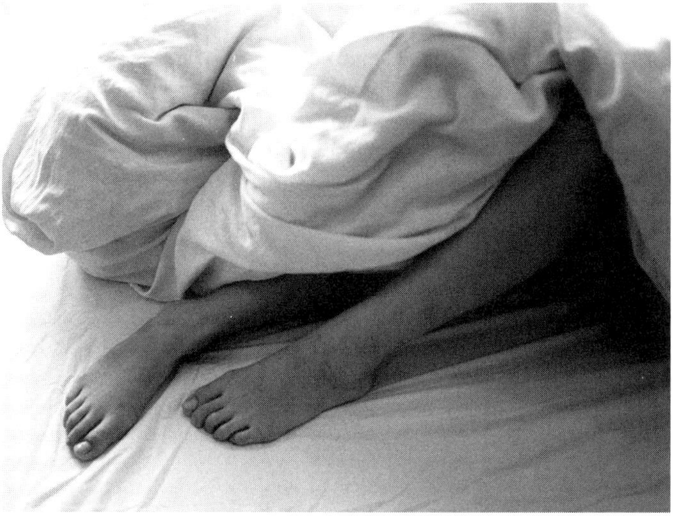

理解されず

家に帰ると玄関でお母さんが待っていた。
私はいきなり平手打ちをされた。

「まだあんな人と付き合ってるの!?　いい加減に目を覚ましなさい！」
お母さんは私たちを窓から見ていたらしい。
頬が少ししてからジンジンしてきた。
私は頬が痛いのと京介さんを悪く言われて悲しいのとで涙が出てきた。

「お母さんは何も知らないくせに！」
「知るわけないでしょ！　あんなロクでもない男のことなんか！」
「ロクでもなくなんかない！　何も知らないくせにそんなこと言わないでよ！」
売り言葉に買い言葉。
私は階段を駆け上がって自分の部屋に行き、鍵を閉めてベッドに飛び込んだ。

「ちょっと！　これからは夜の外出はさせませんからね！　聞いてるの!?」
お母さんがドアを叩く音がドンドンと鳴り響いた。

このままじゃお母さんはずっとこのままだ。
話を聞いてくれようともしないだろう。
私は荷物をまとめた。

そしてお母さんが寝るのを待って、そっと家を抜け出した。

第5章　ホストのクリスマス

家族

ピンポーン

『やっぱりいないよね……。仕事だもんね……。』
私は京介さんの部屋の前で、京介さんの帰りを待つことにした。
こんな真夜中に電車なんか走ってるはずもなく、歩いてココまで来たのでクタクタになってしまっていた。
私は持ってきたカートに腕をおき、マンションの壁《かべ》に寄りかかって寝てしまった。

「うわっ！　ビックリしたぁ！　どうしたんだよ〜。なんでこんなトコで寝てんだ。風邪ひくだろ。」
京介さんはマンションの廊下で、私が寝ているのを発見して驚いたらしい。
私は京介さんの声で目を覚ました。

「あ、京介さん。おかえりなさい。」
「ただいま……。っていうか、その荷物は何だ？」
「お母さんとケンカして家出してきたの。」
私は昨日、家に帰ってから何があったのかを京介さんに話した。

「……そっか。お母さんは俺のコトを嫌ってるもんな。しょうがねぇか。」
「お母さんは京介さんのコトを知らないから、あんなコトを言うんだよ。」
「それが家族の愛ってもんなんじゃないか？　心配なんだよ。単純に。」

「家族の愛かぁ……。うち、お父さんがいないから、お母さんはなおさら心配なのかも。あ、そうだ。京介さんには家族がいないの？」
「あぁ、お袋が死んでからは誰もいないね。親戚《しんせき》なんかは、お袋がレイプ犯の子を産んで育てるコトに対して、スゲェ反対して、絶縁《ぜつえん》みたいなもんだったらしいし。」
「……じゃあ、私が京介さんの『家族』になる！」
私が京介さんにそう言うと、京介さんはビックリした顔をして、それから少し笑って、そして私を抱きしめてこう言った。

「ありがとう。」

一緒にいたい！

京介さんは私のカートを持ち、部屋の鍵《カギ》を開けた。
冷蔵庫からペットボトルのミルクティーを出して、京介さんはソファーに腰を下ろした。
しばらく考えるような表情をしてから京介さんはゆっくりと私に言った。

「でもやっぱり高校は出た方がいい。ココにいてもオマエには悪影響《あくえいきょう》だ。」
「高校には行かない。私も働くよ。」
「何をやって働くんだ？」
「ファミレスかなんかでバイトをやって……。」
「親はどうするんだ？　このままだったら捜索願《そうさくねが》いを出されて家に戻るコトになるよ。」

「お母さんには電話してちゃんと言う。」
「俺と一緒に住むって？」
「うん……。」
「そんなコト、許すわけないだろう。」

「でも、私は京介さんと一緒にいたいの！」
京介さんはうつむいてまた何か色々と考え込んでいるようだった。

しばらくすると京介さんは顔を上げてこう言った。
「……高校に行くだけが道じゃないか。」

「ホント？　私、ここにいてもいいの？」
私は目を輝かせて聞いた。
京介さんは自分の部屋に入っていった。
そしてすぐに戻ってきて私に鍵を渡した。

「ココの合鍵だ。オマエの荷物はそこの部屋に入れればいい。」
「嬉しい！　ありがとう京介さん！」
「ハァ……俺、甘いのかな……。」

私に抱きつかれた京介さんはため息まじりにそう呟いた。

ハルカの話

「あぁ、そうだ。ハルカの話だけど……。」
京介さんは思い出したように言い出した。
私はドキッとした。

やっぱり京介さんとハルカは関係があったんだろうか。

「ハルカがウリやってたってのは本当か？」
京介さんは眉をしかめながらそう聞いてきた。
「うん……ミッコがハルカにそう聞いた時に初めて知ったんだけどね……。」
私は次にどんな言葉を言われるのか、怖くて息がつまりそうだった。

「そうか……。」
京介さんは黙り込んでしまった。
私は京介さんがハルカのことをどう思っているのか、聞きたかった。
でも、それを聞くのが怖かった。
しばらくすると京介さんは私の顔を見てこう言った。
「ん？　どうした？」
「ううん！　なんでもないよ！」
私は少し慌てて答えた。

京介さんは「そうか。」とだけ言った。
しばらくしてから京介さんは少しずつ話し始めた。

「俺とハルカが会ったのは去年の冬だった。」

月50万の女

京介さんには私の不安もわかっていたんだろう。

私の不安材料をなくすために言うことにしたんだと思った。

「ハルカはキャッチをしてる時に声をかけたんだ。最初に女子高生だと聞いたから、俺は店に引こうとはせず、普通の会話で終わらせようとしていた。未成年の子は店に入れないからね。」
「お客さんを探していたの？」
「そう。その頃の俺はキャッチに出るコトが多かったんだ。指名客もいつまで持つかわからない。いつでも新しい客を求めないとダメだと思ってね。モチロン、太客《ふときゃく》を長く持てればいいんだけど、客は多い分には困らないからね。」
「太客って？」
「太客ってのはお金をたくさん使ってくれるお客さんのことだよ。」

水商売の専門用語みたいなのを聞くのは初めてだった。
それが私にはなんか新鮮な響きに思えた。
京介さんはさらに続けた。

「で、引く引かないは抜きにして色々と話してるうちに向こうからケータイの番号を聞いてきた。で、俺は番号を教えたんだが、電話にはたまにしか出なかったんだ。」
「未成年だから？」
「そうだな。ところが、ハルカはしょっちゅう店に来るようになった。家が金持ちで小遣《こづか》いはいっぱい貰《もら》ってるんだと言っていた。」
「ハルカの家はそんなお金持ちの家じゃないよ？」
「あぁ。たぶん、今思えばウリをやってるってのをバレたくないからウソをついてたんだろうな。」

「そっか……。」
京介さんはミルクティーを飲み干して、また話を続けた。

「ハルカは週に3回は来てたよ。」
「週に3日も？　1ヶ月でいくらくらい使ってたの？」
「平均すると月に50万くらいは使ってたんじゃないかな。」
「50万円も……。」

寝たの？

「俺もさすがにおかしいと思ってた。こんなに小遣いをくれる家なんてめったにないだろうと思ってね。パパでも見つけたか、ウリをやってるんだろうとは思ってた。」
「それはいつ頃の話？」
「そう思い始めたのは３月に入る前くらいかな。徐々に来る回数が増えていってたんだ。」
「そうなんだぁ……。」
「このまま引っ張っててもイザという時にマズくなると思って、俺は店の外で会うようにしたんだ。」
「どうしてマズイの？」
「ハルカがウリをやってた場合、それが警察にでもバレたら金の使い道を聞かれるだろう。そしたらウチが未成年を店に入れてるってことで摘発《てきはつ》されちまう。」
「高校生の客が勝手に来てるのに店が捕まっちゃうの？」
「ああ。実際、摘発されたっていう話も何度か聞いたことがあるしな。」
「そうなんだ……。」

私は京介さんの持ってきたペットボトルを手に取り、自分のと京介さんのに注いだ。
私は以前のハルカの言葉が頭によぎっていた。
『私、京也と寝たよ。』という、あの言葉が……。

私がボーッとしていると、京介さんが顔を覗き込んできた。
「どうした？」

私はハッと我に返り、「何でもない！」と手を横に振った。
京介さんはジッと私を見つめた。
私は思わず目を逸らしてしまった。

「言ってくれないとわからないだろう。」
京介さんは寂しそうにそう言った。
私はうつむいて黙っていた。

「ちゃんと何でも言ってくれ。俺も正直に何でも言うから。」
京介さんはそう言って私を見ていた。

１分ほどの沈黙の後、私は小さい声でこう言った。

「ハルカと……寝たの……？」

答え

京介さんは落ち着いた声でこう言った。
「寝たってのはSEXしたのかってこと？」

私は黙ってうなずいた。

京介さんはゆっくりと言った。
「ハルカとSEXはしてないよ。」

私は顔を上げて京介さんの目を見て言った。
「だってハルカが……。」
「一緒に寝たコトはある。それは事実だ。」
「添《そ》い寝《ね》……？」
「ハルカが店で酔って泣きわめいたコトがあってね。そのまま店で寝ちまったんだ。何度も起こそうとしても起きなくて、俺もその横のソファで寝たんだ。」
「そうだったんだ……。」

「ハルカを相手にマクラなんかしねぇよ。相手は女子高生だぞ。……あ、オマエもか。」
「マクラって？」
「ホストが客と寝るコトだ。」
「腕マクラだからマクラ？」
「あぁ、どうなんだろうね。そうなのかもな。」
「京介さんはお客さんと寝たコトがないの？」
「いや、正直なトコを言うと、荒れてた頃はマクラもしたよ。」
「今は……？」
「21歳を過ぎてからはしてない。」

義務によるズレ

「彼女はずっといなかったの？」
「いや、いたよ。キャバ嬢の子が。」
「それはお客さん……？」
「いや、店近くのキャバクラの子だった。何度か顔をあわしてるうちに惹かれちまってね。」
「どんな人だったの？」
「うーん、よく嫉妬する子だった。」

「何で別れたの？」
「愛するコトを強制《きょうせい》されて義務《ぎむ》に感じたから。」
「義務？」
「そうだね。『好きって言ってよ』とか。『エッチしてよ』とか。『仕事辞めてよ』とか。貪欲《どんよく》だったんだ。」
「京介さんを縛《しば》ってたってコト？」
「そうしないと不安だったんだろう。そういう子は多いよ。俺はホストだからなおさらだ。」
「それでイヤになっちゃったの？」
「義務になると自分の意思じゃない気がしてね。そこにズレを感じたんだ。」

「別れるって言ったのは京介さんの方から？」
「あぁ。俺からだな。」
「彼女は納得してた？」
「いや、納得してなくてもせざるを得なかっただろうな。」
「どうして？」

「俺が笑わなくなってたから。自分のせいだって自覚があったんだろう。」

オナカが鳴った

私はそんな彼女にはなりたくないと思った。
私のワガママで京介さんを苦しめたりはしたくない。

「私は京介さんの側にいるだけで幸せだよ。」
京介さんは微笑んでこう言った。
「俺もだよ。」

その時、私のオナカがグーっと鳴った。
京介さんは笑ってこう言った。
「なんだ、腹減ってんのか。」
そういえば、お母さんとケンカしたから昨日は家に帰ってから何も食べていなかった。

「うん。ちょっと減ってるかも。」
ホントはちょっとじゃないんだけど。
京介さんはビデオデッキの時計をチラッと見た。
時計は午前10時を表示していた。

京介さんは何かを思いたった様子でキッチンに向かった。

「ちょっと待ってな。」

キッチンから京介さんの声が聞こえた。
しばらくすると、電子レンジの音とガスコンロで何かを炒《いた》めてる音が聞こえてきた。
香ばしい匂いがリビングに流れてきて、私のオナカがまた鳴った。

「おし、出来たぞ～。」
京介さんはニコニコしながら何かを持ってきた。
「スゴ～イ！　石焼きビビンバだ！」
私は思いがけない料理に大はしゃぎしていた。
「ゴハンを冷凍《れいとう》してたからな。それとビビンバの具材も買ってあったし。石鍋《いしなべ》は焼き肉屋の知り合いに貰《もら》ったんだ。」

「食べていい？」

「ほら、食っちゃいな。」
京介さんはテーブルの向かい側で、私の食べる様子を見ながらニコニコしていた。
私が食べ終える直前に京介さんを見ると、彼はテーブルに突っ伏して寝ていた。

「ありがとう、京介さん。」

働かなきゃ

目を覚ますと、京介さんは隣にいなかった。
コトン、と居間の方から物音が聞こえた。
私は眠い目を擦《こす》りながら居間に行った。

「起きたか。」
京介さんはタバコを吸いながらクリームチーズを食べていた。
「私も働かなきゃ。」
私はそう呟いた。
「あぁ、じゃあ仕事探しの雑誌を買ってきてやるよ。」
京介さんは煙で輪っかを作りながらそう言った。
その輪っかを見ながら、私は色々考えてこう言った。

「私も水商売がやりたい。」
「ダメだ。」
京介さんは即答《そくとう》した。

「どうして？　私、京介さんと同じ時間に働きたいの。」
「オマエはダメ。」
「同じ時間帯じゃないと一緒にいる時間が短くなっちゃうよ。」
「それでもダメだ。心配だから。」
「心配って？」
「深夜にうろついてりゃ、いつ変な男に襲《おそ》われたりするかわからないからな。」
「どういうこと？」
「夜の世界には危ないヤツも多い。危険がつきまとう世界でもあるんだ。」
「でも……。」
「とにかく心配なんだ。」
「……わかった。他のバイトを探すね。」

私は最終的に納得した。
京介さんが私のことを本気で心配してくれるのが嬉しかったから。

帰らないから

「ガソリンスタンドに行って洗車してくる。行くか？」
京介さんは車のキーを手にとってそう言った。
「ううん。私は洗い物しとくから、行ってきて。」
そう言って送り出した。
あ、ちょっと今の奥さんっぽいかも。
私はそう思ってちょっと嬉しくなった。

バッグからケータイを出して見てみると、お母さんから着信がガンガン入ってた。
ミッコからは【どうしたの？　今日はサボリ？】とメールがきていた。
とりあえず、ミッコにメールを返した。
【お母さんとケンカして家出して京介さんのトコにいる。】

問題はお母さんだ。
電話で直接言うしかない。
ケータイを手にとって少し悩んでいると、再びミッコからメールがきた。
【学校はどうするの？】
私はすぐにミッコに返信した。
【何か仕事を探して働く。京介さんの負担になりたくないの。】

そしてお母さんのケータイ番号を選んで通話ボタンを押した。
プルルル……ガチャ……
『もしもし！』
お母さんは１コール目で出た。

「……もしもし。」
『あんた、夜中に抜け出してどこに行ったの!?　学校はどうするのよ!?』
「私、働くから。」
『何言ってるの？』
「もう家には帰らないから。」
『学校はどうするのよ！』
「もう行かない。高校を出なくても出来ることはいっぱいあるから。」
『何言ってるのよ！　早く家に帰ってらっしゃい！』
「心配しないで。もうお母さんに頼らなくても私は生きて行けるよ。じゃあね。」
『ちょっと待ちなさい！』

プツッ
ヴゥーヴゥー

電話を切った途端、ケータイが震えた。
ミッコからの電話だった。
「もしもし？」
『モシ？　学校辞めるの？』
「うん。」
『そう……私は寂しいよ。』
「うん……ゴメンね、ミッコ。」
『でも、アンタが決めたんなら私は応援するから。』
ミッコが優しくてちょっとウルッときた。
涙声にならないように、私は上を向いて深呼吸した。
「うん……ありがとう、ミッコ。」

『落ち着いたらウチに遊びにおいでね。』
「わかった。絶対行くね。行く前に電話する。」
『うん。いつでもおいで。』
「ありがとう。」
『いいよ。あ、授業始まるから、じゃあまたね。』

嬉しかった日

数日後、バイト先は決まった。

短期で入るショッピングモールのイベントアシスタントだ。
小さい子に風船《ふうせん》を配ったり、抽選券《ちゅうせんけん》を持ってきたお客さんに福引をしてもらって景品《けいひん》を渡す仕事だ。
家に帰ってすぐに京介さんにバイトが決まったことを伝えた。

「そっか。良かったな。」
京介さんはそう言って頭を撫でてくれた。
２人でアイスミルクティーを飲んでテレビを見ていた。

「たまには夜の散歩でもするか。」
京介さんはそう言って出かける準備を始めた。
私たちは京介さんの車に乗って色んな所に行った。

ある雑貨屋さんに行った時、木目のキレイなテーブルが目に入った。
「あ〜、コレいいなぁ。私の部屋に置きたい。」
私がそう言うと、京介さんは店員さんを呼んだ。

「これ、配送してもらえるかな？」
「えぇ、出来ますよ。」
「じゃあ貰《もら》おうか。」
「ありがとうございます。」
京介さんは代金を支払って住所を紙に書いた。

「同棲記念《どうせいきねん》プレゼントだ。」
意外なプレゼントが、めちゃめちゃ嬉しかった。

売れっ子ホストと付き合う条件

「京介さん！」

私はカワイイ鉢植《はちう》えを見つけて京介さんを呼んだ。
すると京介さんは困ったような顔をした。
「大声で本名を呼ぶなって。」
京介さんはそう小声で言った。

私は急に怒られてドキッとした。
「あ……ゴメンなさい。」
「いつ客に会うかわかんないんだ。こないだもケンジと渋谷で買い物してるトコを見られてたしな。」
「これからは気を付ける。」
「あぁ、それと新宿辺りを歩く時は手も繋《つな》げないから。」

ホストと付き合う人にとってはそれが当たり前なのかもしれない。
でも、一緒に歩いてる時に手も繋げないなんて……。

私はちょっとムスッとしていた。
京介さんはそれを見てこう言った。

「それができないなら、２人で街を歩くのは無理だ。」
京介さんの顔は厳しかった。
「わかった……。」
私は渋々、そう返事をした。

京介さんはさらに続けて言った。
「客と会ったら他人のフリをするか、もしくはただの客のフリをしろ。」
「なにそれ？」
私はイラッとした。
私は彼女じゃないの？
なんでそんなことをしなきゃいけないの？

「……じゃあ、もう帰ろう。」
京介さんは少し怒っていた。

ミユキちゃん？

家に帰ると、京介さんはすぐに仕事の準備をはじめた。

「バイトは明日からなのか？」
「ううん。明後日《あさって》からだよ。」
「そうか。」
「どうして？」

「いや、別に。じゃあ行って来る。」
そう言って京介さんは出かけた。

すぐに窓から外を見ると京介さんは誰かに電話をしていた。
「……あぁ、明日とかどうよ？　……うん。ちょっと会いたいなぁ～と思って。ミユキちゃんと。ハハッ。」
「ミユキって誰だよ!!!」
私は側にあったクッションを壁に思いっきり投げつけた。
仕事だから営業として言ってるんだろうけど、やっぱりイヤだ。

目を閉じて寝ようとしても寝つけなかった。
不安で不安で仕方がなかった。
京介さんの周りには私よりも魅力的な人がいっぱいいっぱいいるだろう。
それなのにどうして私を選んでくれたのか全然わからない。
それを聞きたいけど、なんだか怖い。
本当は私も遊ばれてるだけなのかもしれない……。
でも聞けない……。
『なに本気になってんだよ、この女。』なんて思われるのが怖い。

でも、京介さんは『京介』っていう本名を教えてくれた。
だから私に対しての気持ちは本物なんだって信じた。
けど、お客さんみんなに教えているのかもしれないんだ……。
お店の中での『京也さん』を見たことがない私には『京介さん』しかわからない。
本当はとんでもない遊び人で上手いこと言ってるだけなのかもしれない。
本当は全部ウソなのかもしれない。

初めて『京也さん』と会った時、彼は「みんな好きだよ」って言ってた。
それが本音で私に対しても好きなフリをしてるだけなのかもしれない。

どうしよう……。
考えてたらどんどん怖くなってきた。

さっき……京介さん、怒ってたなぁ。
『仕事の邪魔になる女なんかいらない』って思われるかもしれない。

マクラを抱きしめたら涙が出てきた。
ホストの彼女ってなんか辛い。
ホストの彼女ってこんなに辛いものなんだ。

プレゼントだらけ

次の日の夕方、京介さんはご飯を食べずに出かけて行った。
「悪い、ちょっと今日は用があるんだ。」

１秒でも離れるのは寂しいのに。
昨日、電話で話してたミユキって子に会いに行くんだろうか。
私は『イヤだ！　行かないでよ！』って言いたい気持ちを抑えて見送った。

……やっぱり京介さんはホストなんだ。
毎日毎日、色んな女の人を相手にお酒を飲んで話してるんだ。
ホストのお客さんの大半がホステスや風俗嬢だって聞いたこともある。
そういう人たちってみんなキレイでスタイルも良くてお金も持ってるんだろうなぁ。
それに比べたら私なんて勝てないかもしれない……。
お店でNo.1になってるってことは、指名も前よりたくさん貰ってるはずだし……。
それだけ色んな女の子が京介さんに言い寄ってるってことなんだ……。

私は京介さんの部屋にそっと入り、クローゼットを開けた。
何かとてもいけないことをしてるような、後ろめたい気持ちになった。
中にはスーツがズラーッとかけてあって、その下と棚の上にはブランド物の箱がいっぱいあった。
全部お客さんからプレゼントされたモノなんだろうか。
高そうな時計やブレスレットやネックレスがホルダーにいくつもかけてあった。

置いてある箱のいくつかに女の子の字でメッセージが書いてあった。
【24歳おめでとう。これからもずっと素敵な京也でいてねv　さや】
【クリスマスを京也と過ごせることを嬉しく思いますv…なんてね！　アタシのガラじゃないよねっ☆ちはる】
【やったね！　ナンバーワン！　私と同じぢゃん！　これからも応援するからね！　一緒にガンバロー！　ミユキ】

それらを見た瞬間、心臓がドキッとした。
私はすぐにクローゼットをバタンと閉めた。

この人たちは私の知らない『京也さん』を知ってるんだ。
私が京介さんに出会うよりもっともっと前に会ってるんだ。
ミユキって子はどこかのお店のNo.1なんだ。
どんな子なんだろう……。
No.1になるくらいだからすごくカワイイのかな。
お金もいっぱい持ってて、しょっちゅう会いに行ってるんだろうなぁ。
どんな髪型してるんだろう。
どんな服、着てるんだろう。

……こんなにたくさんの女の子から愛されているのに、浮気をしないなんてことがありえるだろうか。
すごくカワイイ女の子とお酒を飲んで酔っ払っても、理性を失わないなんて言えないんじゃないかな。
酔っ払って女の子の家に誘われたら京介さんもヤっちゃうんじゃないかな。
今まで、意識もしてなかったことが急に不安になってきた。

今、この瞬間も京介さんは私じゃない他の女の子と会ってるんだ。
私はなかなか寝つけなかった。

ミッコ相談所

次の日はバイトの初日で、ショッピングモールは混んでいた。
子供連れのお客さんが多く、私は子供たちに配るための風船を持っていた。

でも、頭の中は昨日の考えごとでいっぱいだった。
……そういえば前にミッコと買い物をしている時、京介さんとホステスっぽい女の人に会ったっけな。
その女の人は私とミッコが京介さんの知り合いだと知って邪魔者扱いしてたっけ。

でもキレイな人だったなぁ。
足もスラッとしてモデルみたいなスタイルだったし。
……京介さんはああいう女の子が好きなのかなぁ。

「……セン……あの、スイマセン。」
気が付くと子供連れのお母さんが私に話しかけていた。
「は、はい！　なんでしょう？」
私は驚いて言った。
「１ついただけますか？　風船。」
風船を指差しながらその人は言った。
「はい！　すみません！　どうぞ。」
私が風船を差し出すと、その人は「ありがとうございます。」と受け取り、子供に渡した。

ダメだ。仕事に身が入らない。このままじゃマズイなぁ。
私は休憩時間を使ってミッコに電話をかけた。

今は学校も昼休みの時間のはずだ。

「ミッコォ〜。」
『どうしたのよ。そんな情けない声出して。』
「……京介さんはホストなの。」
『……それは最初からわかってたことだけど？　なに怒ってんの？』
「だから毎日色んな女の子を相手にお仕事をしてるの。」
『それがイヤなのね。』
「イヤっていうか……。」
『心配？』
「心配。」
『そっか。』
ミッコはいつも私の気持ちをわかってくれる。
だからいつも私は甘えてしまう。

「どうしたらいいかなぁ？」
『う〜ん、愛情の度合いはクリスマスにわかるでしょ。』
「クリスマス？」
『予定はどうなってるの？』
「まだ何も話してない。」
『京介さんに予定を聞いてみれば？』
「うん……。」
『ちゃんと愛してくれてるなら、なんか用意してくれてるんじゃない？』

クリスマスは休めない

バイトが終わって家に帰ってから私は京介さんに聞いてみた。
京介さんはお茶を淹《い》れていた。

「京介さん、クリスマスの予定なんだけど……。」
「……クリスマスはムリだぞ。」
「え……？」
「１年で１番忙しい時期だからな。毎年、仕事だよ。」
「え、でも仕事の前でも……。」
「う〜ん、前から同伴《どうはん》の約束があるからムリだな……。」
京介さんはそう言ってカップに手をかけた。

「同伴ってなに？」
「同伴出勤。お客さんとどっかに出かけて、それからお客さんと一緒に店に入るんだ。」
「そうなんだ……。」
「ゴメンな。でも仕事が終わったら普通に帰ってくるから。」
「……わかった。」
私はムリに笑顔をつくってそう言った。

ホストの彼氏を持つとイブなんか全然一緒に過ごせないことがわかった。
夜を一緒に過ごさないとクリスマスの意味がないじゃん。

ブゥーッブゥーッ

京介さんのケータイがキッチンで震えた。

京介さんの電話はホントによく鳴っている。
１時間の間にメールと電話だけで何十回も鳴ることがある。

「取って。」
京介さんはそう言ってこっちを見た。
私が京介さんのケータイを見ると、画面には【キョーコ】と出ていた。
私はその電話に出てやろうかと思った。
ケータイを開き、通話ボタンを押そうと指をかけた。

「……勝手に出んなよ。」
京介さんの声が聞こえてきた。
「出ないよ！」
私はそう言って京介さんにケータイを渡した。

電話はもう切れていた。

「買い物に行ってくる！」
私はそう言って出かけた。

ミッコも心配性

買い物に行くっていうのは口実《こうじつ》だった。
一緒にいると京介さんに文句を言っちゃいそうだったから外に出たんだ。
キョーコって誰？　マジで誰？　何者？
私はもう爆発寸前くらいまで耐えてるんだ。

街中がクリスマスの飾りつけをしてるのを見て、イブを一緒に過ごせないのがもっと寂しくなった。
手を繋いで前を歩いてるカップルを見るとなんだかとても羨《うらや》ましくなった。

その時、ポケットの中でケータイが震えた。
ミッコから着信だった。

「ミッコ〜。」
『どう？　予定は聞けたの？』
「聞いた……。」
『その声じゃダメだったんだね。』
「うん。１年で１番忙しいからダメだって。」
『やっぱりそっか。考えてみたらそうだろうね。』
ミッコは予想してたみたいだ。

『店に行く前はダメなの？』
「なんか、前からお客さんと同伴の約束があるみたい。」
『そっかぁ。No.1は大変だね。』
「でも、同伴って、ただのデートじゃん！」
『まぁ、そうだね。』
「他の女の子とデートするなんてヤダ！」
私はちょっと怒った口調でそう言った。

『でも、京介さんには言えないのね。』
「……うん。」
『それを理解するのがホストの彼女ってもんなんじゃないの？』
「……わかってるってばぁ。」

『大変だね。私にはムリだなぁ。』
私にはミッコのその言葉が意外だった。
ミッコはそういう時でも文句も言わず、黙って待ってるタイプだと思ったのに。

「ミッコにはムリなの？」
『うん。私も意外と心配性なんだ。』
「そうなんだ。」
『うん。だからそういうコトがあったら何も言わずに別れるかも。』
「別れるのはヤダ！」
『別にアンタにそうしろって言ってるわけじゃないよ。』
ミッコはそう言って大笑いした。

「イブどうしよう……。ミッコはどうするの？」
『私は家族と一緒に知り合いのパーティに行くんだ。』
「楽しそうだね……。」

その日はもうクリスマスの話はしなかった。

バイト仲間の神田さん

次の日の昼。
私はバイトに来ていた。
ショッピングモールのキャンペーンのバイトは明日まで続く。
12月23日までって中途半端だなぁ。
どうせならイブもやればいいのに。
用がないと余計《よけい》に寂しいから。

「ねぇ、イブはなんか予定ある？」
隣に立っていたバイト仲間の男の子が話しかけてきた。
ネームプレートには［神田］って書いてあった。
神田さんは短髪でいかにも大学生というカンジの人だった。
「あ、いえ……。何も。」
「じゃあさ、俺と遊びに行かない？」
バイト中にナンパ？
軽い男にはもうウンザリなのに。

「彼氏いるんで。」
私はぶっきらぼうにそう言った。
「あぁ〜、そうなんだ。カワイイもんね。彼氏くらいいるよね。」
カワイイと言われて悪い気はしなかった。
「あれ？　彼と過ごさないの？」
「彼はちょっと仕事があるから……。」
「そうなんだ……。えー、でもそれって怪しくない？」
神田さんは薄笑いを浮かべながらそう言った。

「怪しくないよ。」
私はちょっと強い口調で否定した。
「普通だったらイブは彼女のために空けとくでしょ。」
神田さんはそう言い切った。

私はちょっと腹が立った。
何も知らないくせに。
勝手な想像だけで言わないでよ。

「いらっしゃいませ〜!!!」

私はそれ以上、神田さんと話したくなかったので声を張り上げた。
神田さんは私が怒っているのがわかったらしく、それ以上は何も言ってこなかった。

私、騙されてる？

バイト帰り、他の人に挨拶して店を出ると、後ろから神田さんが走ってきた。
「お〜い、ちょっと待って〜。」
私は話したくなかったので、そのままシカトして駅に向かって歩いた。
神田さんは私の横に並んで歩きながらこう言った。

「ゴメン！　事情も知らないで色々言って！」
神田さんは謝ってきた。
私はそれでもシカトした。

「ホントはキミのこと、ちょっと気にかかってて……それでつい、あんなことを言ったんだ。ゴメン。」
神田さんはそう言って頭を下げた。
「別に、気にしてませんから。」
私は冷たくそう言って歩き続けた。

そこからはずっと無言で駅の改札の辺りまで来た。
「ホントにゴメン！」
神田さんはそう言っていきなり私に土下座《どげざ》した。
「ちょ、ちょっと、やめてください。」

私は慌てて神田さんに歩み寄り、立ち上がらせようとした。
「許してくれるまでは気が済まない。」
「わかったから、もういいですから立って下さい。」
「良かった。じゃあ途中まで一緒に帰ろうよ。」
「……いいですよ。」
私は渋々OKした。
こういう強引な人にはちょっと弱いのかもしれない。

「彼、仕事は何してるの？」
神田さんは帰りの電車の中で話しかけてきた。

「……ホスト。」
私は言おうか言わないでおこうか迷ったけど、言った。
「え〜？　ホスト!?」
神田さんはかなりビックリしていた。
神田さんはまた何か言いたげな表情をした。
『それ、騙されてるよ』とか言いたいんだろう。

「どこの店の人？」
「……それは言えない。」
そこからはあまり会話を交わさなかった。

「あ、俺、次の駅なんだ。」
神田さんは私の降りる駅の一つ前らしい。
「メアドとか聞いちゃダメ？」
「彼氏いるから……。」
「え〜、いいじゃん。メアドくらい。」
神田さんはしつこく言ってきた。

「もう駅に着きますよ。」
私がそう言うと、神田さんはメアドを聞くのは諦めたのか、パタンとケータイを閉じた。
「明日が最終日だね。じゃあまた明日。」
降り際にそう言って、神田さんは手を振った。
私は軽く頭を下げた。

テーブルのメモ

家に帰ると、居間のテーブルにメモが置いてあった。
[今日も早めに出る。冷凍食品をいっぱい買っておいたから食いな。]

「バカ。」
私はそのメモを丸めてゴミ箱に投げた。
メモはゴミ箱に入らずに、床に落ちた。

ソファーに座って京介さんのことを考えていた。
でも不安がドンドン先走るだけだった。
「今日もたくさんの女の子相手に接客ですか。いいですね、モテモテで。」
私は独り言を言っていた。
立ち上がって床に転がったメモをゴミ箱に入れ、冷蔵庫を開けた。
シーフードグラタン。
今日はコレを食べよう。

ご飯を食べてお風呂に入ると、また京介さんのことを考え始めてしまった。
京介さんは私が他の男に言い寄られてるって知ったら嫉妬したりするんだろうか。
今は仕事が忙しいからそんなことに気が回らないかもしれない。
前にヒロくんの話をした時はちょっとヤキモチを妬いたようなことを言ってたけど、アレは夏の話だし、もうそこまで新鮮な気持ちじゃないよね。

『釣った魚にエサをやらないタイプってヤダ。』
ずーっと前にアスカがそんなことを言ってたっけ。
京介さんもそのタイプで、もう自分のモノになったから頑張らなくなっちゃったのかな。

考えれば考えるほど悲しくなってきた。
もう京介さんに私は必要ないの？
私は寂しくなってお風呂の中で声を上げて泣いてしまった。

イブニングコール

その時、かすかにケータイの着メロが聞こえてきた。
それは京介さんが好きだと言ってたマライア・キャリーのクリスマスソングだった。

「京介さんだ……。」
私は思わずお風呂を飛び出した。

『…しもしー？…』

かすかに京介さんの声が聞こえる。
私は慌てて頭と耳を拭いた。
そして、その場にしゃがみ込んでケータイを耳に当てて言った。
「もしもし！」
『おぉ、ビックリしたぁ。』
「どしたの……？」
『いや、もう帰ってるかと思って。メシは食ったか？』
「うん……。食べた。」

京介さんは人ごみの中にいるみたいだった。
周りの音が随分《ずいぶん》とにぎやかで、私はそこでまた寂しくなった。

『そっか。明日もバイトか？』
「うん。明日でイベントのバイトは最後。」
『そうか。何時まで？』
「20時まで。どうして？」
『いや……。早めに寝ろよ。じゃあまた。』
「あ、うん……。」

京介さんは何の用だったんだろう。
ちゃんと帰ってるかどうか心配だったんだろうか。
心配って何の心配？
他の男と遊んでるんじゃないか、とか？
自分は私のことを放ったらかしてるくせに。

……わかってる。
京介さんも仕事だから仕方ないんだ。
好きでこうなってるわけじゃないんだ。

でも、だんだん自信がなくなってくる。

京介さんが私のことを好きなのかどうか。
本当は心の底から自分に自信なんて持てない。
最近は京介さんが一緒にいてくれる時間も少ないし、もう私に飽きてきてるのかもしれない。

でも、でも……京介さんを信じたい。

送っていくよ

12月23日の朝。
京介さんはまだ家に帰ってなかった。
私はバイトがあるので９時ごろに家を出た。
神田さんはその日もバイト中に話しかけてきた。

「どうしたの、目。赤いよ。」
「え？」
私はドキッとした。
昨日、泣いてそのまま寝たのがマズかったみたいだ。

「彼氏と上手く行ってないの？」
「そういうわけじゃ……ないけど。」
私はまた少し悲しくなってきた。

「俺だったら泣かせたりしないよ。」
神田さんがそう言って私の方を見た。

私は一瞬、ドキッとしてしまった。
風船を配りながら色々とまた考えごとをしていた。
私はああいう普通の人と付き合った方がいいのかもしれない。
フツーの人と付き合えばよかった……。
ホストと付き合ってると、不安ばっかりだ。

バイトが終わった。最後にショッピングモールの店長から挨拶があって、終わった。
荷物を持って更衣室を出た。
私が通用口を出るとすぐに神田さんが後ろから来てこう言った。

「おつかれ。」
「……おつかれさまです。」
私は軽く頭を下げた。
「途中まで送っていくよ。」
「え……。」
この人はいつもこうやって女の子に声をかけてるんだろうか。
でも、男の人に好かれるのは少しまんざらでもなかった。
帰りの電車の中で神田さんは友達の話とか、ショッピングモールの話なんかをしてきた。
私はテキトーに話の相手をしていた。
もうすぐ、この人ともお別れだ。
メアドも教えてないし、ケータイも教えてない。
４つ先の駅に着いたらこの人は降りて、もう会うことはない。
そう思っていた。

でも神田さんは自分の降りるべき駅で降りなかった。
「え……ココで降りるんじゃないんですか？」

「いや、家の近くまで送るよ。」
「え、別に送らなくていいです。」
「女の子が夜に一人じゃ危ないって。」
「別に大丈夫です。」
「いや、近くだから送らせてよ。」
神田さんはそう言って聞かなかった。
そうこうしてるうちに電車はドアを閉めてまた走り出した。

ご苦労さん

私の最寄駅に着くと、神田さんは「あ、そうだ。」と言い出した。
「ねぇ、ちょっとココアでも飲んでいかない？」
彼はドトールを指差して言った。

私は京介さんのことが頭によぎって首を振った。
「ううん、彼が家にまだいるかもしれないし……。」
「そっか。っていうか明日は予定ないんだよね？　俺と遊ぼうよ。ちょっとだけ。」
「でも……。」
「いいじゃん。彼氏だって客の女の子とどっか行くんだろ？」
そう言って神田さんは私の腕を掴んだ。

その時、神田さんの後ろからスーツを着た京介さんが現れた。
「おう。迎えに来たぞ。」
「京介さん！」
私はビックリして思わず声を上げた。
「あ、いや……あの……。」

神田さんは驚いてあたふたしていた。
京介さんは神田さんの肩を軽くポンと叩き、「送り、ご苦労さん。」と言った。
そして私の背中をポンと叩いて、「帰るぞ。」と言った。

家までの帰り道、京介さんはずっと黙っていた。
私もずっと黙っていた。
家に着いて京介さんが玄関の鍵を開ける時、私は言った。
「ゴメンなさい……。」
「何が？」
京介さんはこっちも見ずに言った。
それがすごく不機嫌そうに思えて、私はドキッとした。

「後ろめたいことでもしたのか。」
京介さんはドアを開けながら言った。
「ううん！　送ってもらってただけ！」
私は思わず大声で言った。

「近所迷惑。」
京介さんはそう言って、仕事に出かけていった。

オレンジ色にヤキモチ

翌昼、玄関の方からガチャガチャという音がして目が覚めた。
私は急いで玄関に飛び出していった。

「京介さん……。」

「おう、ただいま……。」
ちょっとだけ話すのが気まずかった。
京介さんはちょっと酔っている様子だった。
手にはオレンジ色の紙袋を持っていた。

「それなに？」
私は紙袋を指して言った。
「エルメスのビジネスバッグ。クリスマスは埋まってるから早めに、って客がくれたんだ。」
「そうなんだ……。ふーん……。」
私は嫉妬して思わず面白くなさそうな声を出してしまった。
京介さんはそれが聞こえてたどうかはわからない。

「夕方には出かけるから寝るわ。」
京介さんはそう言って私の頭にポンと手を置き、ベッドに横になった。
私はその場にいるのが辛くて外に出た。

クリスマスイブ

街を歩いていると、カップルがやたらと多かった。

デパートでケーキを買って、冷蔵庫に入れておいた。
家に帰ったら京介さんは、もういなかった。
私は深夜まで居間でテレビを付けていた。
音がないと何か寂しかった。
そしてソファーで少し泣いた。

私はソファーの上でテレビを見続けて、そのままいつの間にか眠ってしまった。

キミと夢の中

ソファーの上にいる私を包むように抱きかかえ、京介さんがこっちを見ていた。

「あれ？　どうしたの？　お仕事は？」
私がそう聞くと京介さんは私をギュッと抱きしめた。
「仕事は大丈夫。」
京介さんはそう言ってずっと私を見つめてた。
私は少し目を逸らしてこう言った。
「最近、お仕事大変なんだね。」
「ゴメンな。あまり構ってやれなくて。」
京介さんは申し訳なさそうにそう言った。

「本当はもっともっと一緒にいてぇんだ。」
京介さんはそう言って私のほっぺにキスをした。
「俺さぁ……オマエのコト、好きでたまんねぇわ。」
京介さんはそう言って私を強く強く抱きしめてくれた。

私はその言葉を聞いて、幸せで幸せでしょうがなかった。
私の中にあった不安がその言葉を聞いて一気に吹っ飛んだ。

……そこで夢が覚めた。

部屋は電気が付いたまま、テレビも付けたままだった。
私は夢の中と現実のギャップが大きくて泣きそうになった。
電気を消してムリヤリまた寝た。

クリスマスプレゼント

「……い……おい……起きろ。」
京介さんの声で目が覚めた。
気が付くと朝になっていた。
目の前には京介さんが心配そうな顔をして立っていた。

「こんなトコで寝てたら風邪引くだろ。」
「あ、京介さん……。」
「ん？……そこに何か箱があるぞ？」
京介さんはそう言って私のすぐ横を指差した。
「箱？」
指の指す方向を見ると、そこには小さな箱があった。
「開けてみ。」
京介さんはソファーの前にしゃがんで、嬉しそうにそう言った。

小さな箱を開けると、中にはネックレスが入っていた。
「これ……。」
私がビックリして京介さんの顔を見ると、京介さんはニコニコしていた。
ちゃんとクリスマスプレゼントを用意してくれてたんだ。
私はホッとしたのと嬉しいのとで涙が出てきた。
「相変わらず……よく泣くね、オマエ。」

そう言って京介さんはネックレスを手に取り、私の首に付けてくれた。
「スゴくキレイ……。何で作ってあるの？」
「プラチナだよ。カッコイイ首輪を注文したら、それを作ってくれたんだ。」
「首輪？」
「あぁ、よく泣くペットが外でオイタしないようにな。飼い主の義務《ぎむ》だろ？」
そう言って京介さんはイジワルな顔をして笑った。
「もう！　犬じゃないんだから。」
私はそう言って泣きながらちょっとむくれた顔を見せた。
そしてちょっと吹き出して京介さんに抱きついた。

「ありがとう。京介さん。大事にするね。」
「うん。やっぱりサイズもオマエにピッタリだな。ずっとつけてろよ。」
そう言って京介さんは私を包むように抱きしめてくれた。
私は嬉しくて嬉しくて泣けてきた。

「それ、なんのマークかわかるか？」
京介さんはヘッドの部分を指して言った。
「わかんない。」
「それは『K』だよ。『京介』のイニシャル。オマエは俺のだってこと。」
そう言って京介さんは笑った。
そして、私のほっぺに手を当てていつもより長いキスをしてくれた。

それからケーキを冷蔵庫から出して、2人で一緒に食べた。
「お、ウマイじゃん！」
京介さんはそう言って嬉しそうに食べてくれた。
「嬉しいな。京介さんの嬉しそうな顔大好き。」
私は京介さんの顔を見ながらそう言った。

「なぁ、いつまで“さん”付けなんだ？」
「え？」
「京介“さん”って、いつもさん付けで呼ぶから。」
そういえば、最初の頃からずっと“さん”を付けて呼んでた。
でも、もうそれに慣れちゃってたかもしれない。

「京介、でいいじゃん。」
京介……はそう言って笑った。
私は少しドキドキしながら「京介。」って呼んでみた。

「呼び捨てにすんなコラァ！」
京介はその瞬間、そう言って怒鳴った。
私がビックリしていると、京介は私の顔を見てゲラゲラ笑っていた。
「ビックリしてる～！　アッハッハ～！」
どうやら、からかわれただけらしい。

「もう！　京介のバカァ！」
そう言って私も笑った。

第6章　嫉妬と不安

聞き分けの悪い女

お正月の夕方。
それまでずっと仕事続きだった京介もようやく休みになり、2人で初詣《はつもうで》に行くことにした。
もう夕方だというのに、それでも人はかなりいっぱいいた。
お賽銭《さいせん》を投げて手を合わせて目を閉じた。
何を祈ろうかと考えて、『京介が健康に過ごせますように』と祈った。

「おみくじ買いたい。」
私は売り場を指差してそう言った。
その時、目の前にいるすごくキレイな女性が話しかけてきた。
「あ、京也ちゃん。」

その人はキレイな振袖《ふりそで》を着て、中年のおじさんと一緒にいた。
一瞬だけど、その女の人は私の足元から顔までチラッと見た。

「彼女？」
「彼氏？」
その女と京介はほぼ同時にそう言い合った。
お互いにそう聞くのが当たり前かのように同時に聞いていた。
これも駆け引きの一つなんだろうか。

「ううん、違うよ。」
京介はそう言って笑った。
私はそれを聞いてものすごくショックだった。
私の存在を否定されたような気がした。

「そっか……。じゃあまたね。行こう、マサさん。」
その女の人はそう言って男と賽銭箱の方に歩いて行った。
私はどんどん帰る方向に歩いて行った。
後ろから京介の声がした。
「おみくじはいいのか？」

私は声を荒げて答えた。
「別に、もういらない。」

私はそう言って早足でどんどん歩いて行った。
そして出口に近づいた時、後ろから京介が走ってきて、私の腕を掴んだ。
「なに、キレてんだよ。」
「別に。」
「別に、じゃねぇだろ。」

なんで私が怒ってるかわかってるくせに。
京介はわざとそう聞いてるんだ。

「彼女じゃないって言われた。」
「そう言うしかねぇだろ。」
わかってる。
あの子がお客さんだからなんでしょ。
それはなんとなくわかった。

「京介、あの女のこと好きなの？」
それは最低の勘ぐりだった。

「何言ってんだ。んなわけねぇだろ。」
京介は少し呆れたカンジでそう言った。
「じゃあ、あの女の前で私を彼女だって言ってよ。」
私はホストの女として、最低の女になっていた。

ワガママを通り越してムチャなことを言っているのはわかっていた。
それでも私は自分の存在がちゃんと彼女であることを、あの女に知らせてやりたかった。
じゃないと、いつか京介をあの女にとられる気がした。

「言えるわけねぇだろ。」
京介は怒った顔でそう言った。
「なんで言えないの？」
「俺はホストであの女は客だ。わかってんだろ？」
「わかんないよ！」

ホントはわかってる。
それは言っちゃいけないこともわかってた。
わかってるけど、言って欲しかった。
あんな女は眼中《がんちゅう》にない、って言って欲しかった。
俺はオマエだけが好きだ、って言って欲しかった。

「オマエも俺がホストだって知ってて付き合っただろ？」
「……だからってイヤなものはイヤなの!!」
もう自分でも止められなかった。
「メンドクセェことを言うなよ。」
京介は呆れた顔で言った。

それを聞いた時、私はカッとなった。

「じゃあ、こんな面倒な女を選ばなければ良かったでしょ！
もっと聞き分けのいい女に乗り換えれば⁉　さっきの女みたいにその場の空気を読んで気を利かせられるような女と付き合えばいいじゃない！」

自分でも言っちゃいけないと思っていることがドンドン口から出てきた。
聞き分けのいい女にはなれない私は、京介と付き合っていく資格なんかないのかもしれない。
本気でそう思った。

「彼女と客は違うだろ。」
「どう違うの⁉　クリスマスイブに会えるのが客⁉　会えないのが彼女⁉」

私の言うことは嫉妬と怒りにまみれていた。
京介はため息をついて「帰るぞ。」と言った。
私は……私はただ、普通に彼女としてみんなに紹介して欲しいし、街の中でも手を繋いで歩きたいし、夜は一緒に寝たいだけなのに……。
京介はお客さんに対しては色々と気を回してるのに、私に対してはそれがないんじゃないかって思った。

また嫉妬

家に帰る途中、京介のケータイが鳴った。
京介はそれに出ようか一瞬ためらっていた。
私は「出ていいよ。お客さんからでしょ。静かにしてるから。」と言った。

ピッ
京介はケータイのボタンを押して電話に出た。

「もしもし？　京也です。おう、そうだな～。さっきは偶然だったな～。ハハッ。」
京介のケータイから女の声が漏れて聞こえてきた。
さっきの女からの電話なんだろう。
「あ～、さっきのはお客さんだったのか。そっかぁ、正月から営業熱心だな、ミキは。」
一緒に歩いてたのはお客さんだって言うために電話してきたんだろうか。
それだけ京介に誤解《ごかい》されたくないってことなんだろう。
「うん。まぁ……こっちもだけどね。」
こっちも、っていうのはこっちも営業で初詣に行ったってことなんだろう。

「ん？　いや、今は１人だよ。うん。あの後、すぐに帰ったから。」
今、私と一緒にいるのかを聞かれたんだろう。
……ウソツキ。
私と一緒にいるくせに。

「あ～、そうだね。明日から。あ、ホント？……わかった～。」
仕事がいつからか聞かれたんだろうか。
「え？　今から？」
京介がチラッとこっちを見た。
今から遊ぼうって言われてるんだろうか。
私は京介と顔を合わせたくなくて、窓の外の景色《けしき》を見ているフリをした。

「えっ、マジで？　ちょ、ちょっと……あ、切りやがった……。」
京介はそう言ってケータイをパタンと閉じた。
「あのさぁ……。」
京介がなにか話し始めようとした。
それがさっきの女に呼び出されて行かなきゃいけなくなったっていう内容なのはわかってた。
「行ってくれば？」
私は冷たくそう言った。
「ゴメン、明日は空けるから。」
京介は申し訳なさそうにそう言った。

家の前に着いた時、私は「行ってらっしゃい。」と言ってドアをバンと閉め、さっさと車から降りてマンションに入って行った。
「ちゃんとカギかけとけよ。」
後ろから京介の声が聞こえてきた。
なによ、エラそうに。
自分は他の女のトコに行くくせに、私にエラそうな口をきかないでよ。
私は京介の方を振り返らず部屋に向かって歩いた。
京介の車はしばらくしてブゥーンと走り去っていった。

掲示板のカキコミ

私は電気もつけずに居間のソファーにしゃがみこんでテレビを見ていた。
お正月の特番で大勢の若手芸人たちがコントをやっていた。
それを見ていても全然笑えなかった。
京介が今、さっきの女と過ごしてると思うと気が気じゃなかった。
その時、ケータイが鳴った。
電話はアスカからだった。

「もしもし？」
『モシ～？　あけおめ～。元気～？』
「アスカ、久しぶりだね。」
『そうだねぇ～。ねぇ、それよりさぁ、ネットで京也さんのことが書かれてるよ。』
「え？」
アスカの話によると、インターネットのホスト専門サイトで京介について話題になっている掲示板があるということだった。
私はパソコンをあまりやってなかったので、そんなのがあるというのは知らなかった。

「なんて書かれてるの？」
『え～っとね、どっかのキャバ嬢が京也さんと付き合ってるって言ってるよ～。アンタ、ヤバくない？』
私はそれを聞いてドキッとした。
やっぱり私以外にも他に彼女がいるのかもしれない。
私は自分の目でそのサイトを見たくなった。
かといって、京介のノートパソコンを勝手に触るわけにはいかない。

「アスカ、アスカの家に行ってもいい？」
『え、ウチ？　私の部屋はちょっと汚ないからなぁ〜。』
「そっかぁ。」
『ねぇ、マンガ喫茶行こうよ。』
「マン喫？」
『うん、コマ劇の近くに大きいマン喫あるじゃん。アタシ、マンガも読みたいしさぁ。』

京也の彼女？

私はすぐに歌舞伎町に向かった。
アスカとマックで待ち合わせてコマ劇近くのマンガ喫茶に入った。
アスカが教えてくれたサイトは、［ホストラブラブ］という名前だった。
アスカは慣れた様子で、［Love at Night ―二階堂京也］という名の掲示板を開いた。
「ほら、ここだよ。見てみな〜。」

そこには色々なことが書かれていた。
【京也大好き。“ラブナイ” の他のメンバーも好きだけど、やっぱり京也が一番】
【でも彼女いるんでしょ？】
【彼女いないよ】
【私、京也の彼女だけど】
【↑勘違い女がいるよ】

【京也に相手にされてないからってひがまないでよ】

「どこの誰だろうね、この女。」
アスカがそう言って画面をピンと指で弾いた。
「書いちゃえば？」
アスカはそう言って【書き込む】というボタンの上にマウスを置いた。
「でも……。」
いけない。
書いちゃダメだ。
書いたら京介の迷惑になる。
私は必死にそう言い聞かせていた。

「京也さんだってホントに他に女がいないとは限らないよ？」
私はアスカのその言葉を聞いてドキッとした。
アスカはさらに他の書き込みを探し始めた。
「あ、こんな書き込みもあるよ。」

【京也ってまだ初台のマンションに住んでんのかな？】
【お店の近くだって聞いたけど？】
【いくつか部屋借りてるんぢゃない？】
【こないだ遊びに行ったよｖ　お店の帰りに】

私はその書き込みを見て我慢できなくなった。
もう黙ってられない。
京介は私と一緒に住んでるんだから！
彼女は私だけなんだから！

本文に【客のくせに勘違いするな！　貢ぐだけで満足してろ！】と書き、名前の欄には『本物の彼女』と書いた。
そして【上記に同意して書き込み】というボタンを押した。

アスカが面白がって笑っていた。
「これでコイツらも信じるかなぁ？」

私は少ししてから、大変なことをしてしまったと思った。
京介にバレたら絶対に怒られる。
ちょっとずつその後悔は膨《ふく》らんでいった。
アスカがマンガを読んでいる間、私は他のホストに関する書き込みを読んだりしていた。
【色マクなのかぁ】【付き合ってる？　色かけられてるだけでしょ？】【女いるって】【奥さんがいるらしいよ】
そんな書き込みがいっぱいあって私の心配はますます大きくなってきた。

しばらく経ってから京介の掲示板を見ると、新しい書き込みがあった。
【↑これ本物？　ウソでしょ？】
【っていうか本当に彼女だったら書き込みしないでしょ。】

どうやら、本物の彼女からの書き込みだということは全然信じられていないようだった。
ホッとした同時に『なんで信じないんだよ！』と、腹が立った。

その後、もっと前の書き込みを見ているうちにすっかり時間が経っていた。

ちょっと前に書かれたものは『京也のキャラ』に関するものばかりだった。

【京也は面白いから好き】
【今日もいっぱい笑わせてくれてありがとね。私も頑張るから京也も頑張ってね。オヤスミ】
【京也くん、新しいギャグ寒いよ。でも好き（笑)】

そうだ。
京介は私と付き合う前は、色んなことを言って笑わせたりしてくれた。
なのに、彼女になった今はそういうのがなくなってきてる。
私はそれがちょっと気にかかった。
アスカが言った。
「そろそろ帰ろう。ここで寝たらお金がもったいないし。」
時計を見ると朝の６時を回っていた。

ズルイ男

家に帰ると京介は寝ていた。
私も疲れたから寝た。

昼になってガシャーンという物音で目が覚めた。
キッチンに行くと京介が洗い物をしていた。
「あぁ、うるさかったか。悪い。フライパンを落としちまったんだ。」
京介はそう言ってまたフライパンを洗っていた。

やっぱり、私にはもう面白いことも言ってくれないんだ。
でも、ホントはこっちが京介の本当の姿なのかもしれない。
それか、私に飽きてるから素っ気ないだけなのかもしれない。

「どうした。そんなにずっと見て。何か言いたいことでもあるのか。」
京介はフライパンを洗いながらこっちを見ずにそう言った。
自分ばかり一方的に好きなんじゃないかと思うと悔しかった。
京介はいつもいつも余裕《よゆう》の表情ですました顔してる。

「私も客だったらよかった。」
私のそのセリフを聞いて京介の手は止まっていた。
「……どういう意味だよ。」
「客だったら優しくしてくれるんでしょ。『京也』さんは。」
私はまた憎《にく》まれ口を叩いていた。

「……じゃあ別れるか。」
京介はそう言ってこっちを見た。
私は何も答えられなくて黙っていた。

「オマエがもう耐えられないってんならしょうがないな。」
京介はそう言って私をずっと見ていた。
その目は私の考えてることを全て見通しているような目だった。
「他にも部屋を借りてるんでしょ。」
「部屋？　部屋ってなんのことだ？」
「私と一緒に住んでるこの家以外にも他の女を呼んだりする家があるんでしょ！」
京介はそれを聞いて不思議そうな顔をして言った。
「なんだよ、それ？　誰がそれを言ってたんだ？」

私はその問いに答えられなかった。
うつむいて黙っていると京介は私の顔を両手で上げて目を合わせた。
「誰が言ってたんだよ。そんなこと。」
「パソコンで……ネットで書いてあったの見たもん……。」
私はそれ以上、黙っていられず言ってしまった。

「オマエはそれを信じてんのか。」
「だって、書いてあったもん……。」
「俺よりも、そんな誰だかわからないヤツの書き込みを信じるのか。」
京介はそう言って顔を背けた。
私ばっかり責められているような気がした。
私が悪いんじゃないのに。

「私だって不安なの！　この部屋だって家具が少ないし、他に家があるって言われたらそうなのかもしれないと思っちゃうし！　彼女じゃないって言われるし、ちゃんとした彼女だっていう証拠《しょうこ》もないし！」
私は大声でそう言って京介を責めた。

「それでも……それでもオマエだけは特別だよ。」
京介はそう言って悲しそうな顔をした。

……ズルイ。
そんなことを言われたら、それ以上、私が責《せ》められなくなるのに。
京介はそれも知ってて言ってるんだろう。
京介……私も本当は信じて…

グーッ

その時、私のオナカが大きい音を立てて鳴った。
こんな時に限って。
京介はフッと笑って言った。
「メシ、食ってないのか。」
「うん……。」

京介は今日の夜からはもう仕事が始まってしまう。
京介は今日を空けておくと言っていたけど、私にはやることが思い浮かばなかった。
「どうしよう。どこに行くか決めておけば良かった。」

京介は私の言葉を聞いて、「行くぞ。」と言った。
私はわけもわからないまま、着いていった。
京介の車で着いた所はお寿司屋さんだった。

「握りを適当に、あと吸い物が欲しいな。」
京介は入ってすぐに注文していた。
私はメニューを探したけど、その店にはメニューがなかった。
「食えないモノは俺が食ってやる。食いたいモノだけ食え。」

ココのお寿司は今まで食べた中で一番美味しかった。
あまりの美味しさに私は思わず笑顔になった。
「腹ごしらえしないと遊びにも行けないからな。」

その後、ビリヤード場に行って教えてもらったり、ダーツバーに行ったりした。

お店はどこも混雑していたけど、とても楽しかった。
京介が私を楽しませようとしてくれているのがわかった。
ネットに書いてあったことにはもう触れないでおいた。
その話をしたらまたケンカになるんじゃないかと思ったら言えなかった。

家に帰る頃にはかなり疲れていた。
疲れのせいか、なんか頭がボーッとしていた。
「具合が悪いなら、ムリしないで横になれ。」
京介にそう言われて早めに寝ることにした。

熱

次の日の朝。
玄関のドアがガチャガチャと鳴って目が覚めた。
京介が仕事から帰ってきたんだ。

私はすぐに玄関で出迎えようと思ったけど、それが出来なかった。
頭がフラフラして、目まいもした。
布団を掛けないでいつの間にか寝てたから風邪を引いたんだろうか。

私の部屋のドアがそっと開いて京介と目が合った。
「どうした？　具合が悪いのか？」
「う〜ん。熱がある……かも。」
「熱がある？　じゃ、体温計持ってくるから待ってな。」
「うん。」

京介は体温計とスポーツドリンクを持って来てくれた。
「ありがとう。ゴメンね。」
「あぁ。早く計ってみな。」

熱は38.2℃だった。
京介は私に布団を掛け、その横に寝転がった。
京介はそのまま隣で寝てしまった。
お酒の匂いと香水の匂いが漂《ただよ》ってきた。
それが少しだけ私を悲しくさせた。

信じていかなきゃ

起きると少し体調が良くなっていた。
京介の作ったおかゆを食べていると、京介の電話が鳴った。
京介はケータイを開けてチラッと見て、「電話してくる。」とすぐに自分の部屋に入っていった。
私はすごく切ない気持ちになった。
不安……嫉妬……この繰りかえし……。
だけど、私は京介の彼女であり続けたい。

京介を信じていかなきゃいけないんだ。
うん、信じよう。

頑張れる

部屋から戻ってきた京介は言った。

「今度、新しい店を任されることになったよ。」
「ホント？　スゴイね！」
「これを成功させられたら、俺も独立しようかと思う。オーナーにもそう言った。」
「あ、あのっ、私も支えられるように頑張るからね。」
「ありがとう。嬉しいよ。オマエがいるから俺も頑張れるんだ。」
「京介……。」
私はウルッときていた。

もしかして？

それから2日後。
朝起きてすぐ吐き気がしてトイレに駆け込んだ。
ここ最近ずっと具合が悪かった。
もしかして……。もしかしたら……。
私……妊娠してるかもしれない。

結果

私はトイレに籠《こも》って薬局から買ってきた紙袋を開けた。
箱から妊娠検査薬を取り出し、説明書を読んでみた。
「線が出たら陽性……赤ちゃんが出来てるってことなんだ……。」

ドキドキしながら検査をすると、線がクッキリ浮かんできた。
心臓のドキドキが止まらなかった。

産婦人科で検査してもらうと、お医者さんはこう言った。
「妊娠なさってますね。」

どうしよう……。
私に赤ちゃんができてるなんて……。

頭の中が真っ白になった。
私はただ呆然としていた。

京介はどんな反応をするんだろう。
ちょっと怖い気がする。

なんだか冷たい

私は病院を出てすぐに京介に電話した。

「もしもし？」
『おう、どうした。珍しいな。』
「あの……私……赤ちゃんができてる……みたいなの。」
『えっ!?　えっ!?　ホントかよ!?』
「うん……。」
『そっか……。』

京介の反応が薄かった。

京介は喜んでくれてない……。

「とりあえず、タクシー拾って帰って来い。俺もすぐに戻るから。」
「う、うん。」
タクシーが家の前に着くと、京介が外に出ていた。
「お世話様。お代はいくら？」
京介はタクシーの運転手さんにそう聞いた。
「1140円です。」
京介は運転手さんに2000円渡し、「お釣りは取っといて。」と言った。
そして私に手を差し出し、無言でバッグを持ってくれた。

京介は嬉しそうじゃなかった。
なんだか困っているようにも見えた。
もしかしたら『堕ろせ』って言われるかも……。
そんな不安が頭をよぎった。

「とりあえず、お母さんに報告しとけ。悪いけど、俺は明日は用があるから、今度挨拶に行くって言っておいてくれ。」
「うん……。」

京介の声は冷たいように感じた。

お母さんとお父さんに報告

翌日。
私はお母さんに電話をして子供ができたことを言った。

お母さんは「とりあえず、ウチにおいで。」と優しく言ってくれた。

昼過ぎ、私は久しぶりに実家に帰った。
玄関《げんかん》のドアを開けて「ただいま。」と言うと、すぐにお母さんが出てきた。
お母さんは目に涙を溜めて「おかえり。」と言ってくれた。
私は「ゴメンなさい。」と言ってお母さんの胸にすがりついた。
お母さんは私をギュッと抱きしめてくれた。

「お父さんにも報告しなさい。」
「……うん。」

仏壇《ぶつだん》にあるお父さんの写真はこっちを見て笑っていた。
居間でお茶を飲みながら話していると、お母さんはこう言った。
「子供を産むのは大変なんだから、ウチにいてもいいのよ。」
「ホント？　京介は仕事が忙しいから、私一人で不安だったの。」
「お母さんがアンタを産む時もおばあちゃんがついててくれたのよ。」
「そうなんだ……。」
「今度は私の番ね。こんなに早いと思わなかったけど。」
「ゴメンなさい。」
「ううん。楽しみよ。そこの和室を空けとくから、いつでもいらっしゃい。」
「ありがとう、お母さん。」

心の中ではまだ京介がどう思ってるのか不安だったけど、お母さんを心配させたくなくて、明るく振舞《ふるま》った。
それから夕方までお母さんと話し、帰りに京介に電話した。

京介の声は前より明るく聞こえた。
「お母さんと仲直りしたよ。」
『ホント？　よく許してくれたな。』
「実家で面倒見てくれるって言ってくれた。」
『そりゃ心強いな。良かったよ。』
「じゃあこれから帰るから、また後でね。」
『帰ってきたら、行きたいトコがあるからちょっとだけ出かけよう。』
「え？　行きたい所？」
『あぁ。』
「ドコだろう、楽しみだな。」
『気をつけて帰ってこいよ。』
「は〜い。」

ロイヤルミルクティ

家に帰ると、京介が玄関に迎えにきた。
「ただいま。」
「おかえり。」

ただいまのキスをした後、私たちは居間のソファーに座った。
レンジで温めたロイヤルミルクティーが湯気《ゆげ》を立ててテーブルに置いてあった。

「そうだ。ちょっとだけ出かけようぜ。」
「うん、いいけど。」
家を出て車に乗って私たちは郊外《こうがい》のアクセサリーショップに

行った。
京介はそこで羽の形のネックレスを見ていた。

私がシルバーアクセサリーのコーナーに行くと、カップルが指のサイズを測っていた。
「あ、サイズ図るヤツあるんだ。私も図ってみよう。」
私は指のサイズを図るリングの束《たば》を手にとっていくつか試してみた。
「う〜ん、9号かな？　10号かな？」
以前、測った時より少し細くなってる気がした。
前に測った時は10号でちょうど良かった。

「9号になってる。」
私は近くにある指輪を色々とつけてみた。
「……行くぞ。」
京介が私の肩越しに言った。
「あ、うん。」
私はつけていた指輪を戻し、出口に向かった。

車に乗り込んだ時、京介は誰かにメールをしていた。
私はその相手が誰かは聞かなかった。
京介は私のことをちゃんと愛してくれてるはず。
そう信じるしかないと思った。

車でしばらく走っていると京介のケータイにメールがきた。
京介はそのメールを見てから、私に言った。

「再来週の日曜は空いてる？」

「ぜんぜん大丈夫。」
「そっか。じゃあ出かけるから空けとけ。」
「え？　うん……。」
京介がそんなことを言い出すなんて珍しいと思って、私は京介の顔を見た。
運転してる京介の横顔はちょっと照れたような嬉しそうな表情だった。
私が今まで見たことのない京介の顔だった。

「ねぇ、どうして日曜はお出かけなの？」
私は気になって聞いた。

「渡したいものがあるから。」
「渡したいもの？」
「今はまだ言えないんだ。でも期待してろよ。」
京介が渡したいモノってなんだろう。
聞きたいけど、楽しみにとっておこう。

「お、考えてる考えてる。」
京介が私の顔を見ながら楽しそうに言った。
京介は私のことを大事に思ってくれてるんだ。
私はその時、心からそう確信した。
信じて良かった。

その時、私はこのまま時間が止まればいいのに、と思った。
数時間後には京介は仕事に行き、私は一人で寝る。
それが仕事なんだから仕方ないけど、１日だけでいいから一緒にいたい。

でも、今は生まれてくる赤ちゃんのことを一番に考えて過ごすしかないんだ。
赤ちゃんが生まれたら京介も家にいる時間が多くなるかもしれない。

「明日も朝から病院に行ってくるね。」
「そうか。気を付けて行けよ。ホントなら送ってやりたいけど、仕事がなぁ……。」
「バスで行くから大丈夫。」
「そうか。じゃあバスの運転手によろしくな。」
「アハハ。言っておくね。」

家に着くと京介はお風呂に入ってからスーツに着替え、出かける準備をした。

「じゃあ行ってくる。」
「うん。行ってらっしゃい、パパ。」
私がオナカをさすりながらそう言うと、京介は照れくさそうに笑って出かけていった。

再来週の日曜……10日後かぁ。
京介が渡したいモノってなんだろう。楽しみだな。

これらが彼女の日記に書いてあった内容だ。

そして、それが俺たちが交わした最後の言葉でもあった。

彼女がバスで病院に行った日の夕方、俺の元にミッコから電話が来た。
「京介さん……あの子……事故で……。」

そこから先は聞けなかった。
気が付くと電話は切れていた。
いや、俺が電話を切ったのか。
あまり覚えてない。

彼女がバスで出た日から５日後、彼女の母親が突然ウチに来た。
この家の場所はミッコに聞いたらしい。
彼女の母親が言うには、あの子は小さい箱に入ってるらしい。
骨になって小さくなったそうだ。

あれだけ俺のことを嫌ってた彼女の母親は、俺にケータイを見せながらこう言った。
「あの子ったら、【産んでくれてありがとう】なんて今まで言ったコトもなかったのに、事故の直前にメールしてきて……。」
そのまま彼女の母親は泣き崩れた。

俺は何も感じなかった。
彼女が死んだことも信じていなかった。

俺は黙って彼女の母親の腕をそっと抱き上げた。
彼女の母親は１冊の日記を俺に手渡して帰っていった。

第７章　彼女を愛した理由

俺は彼女の母親から渡された日記を読んだ。
それは彼女が書いていた日記だった。

彼女はもう俺の前に姿を見せないんだ……。
その日記には彼女の最後の言葉が書かれていた。

『京介が渡したいモノってなんだろう。楽しみだな。』
俺は眠れなくなった。

彼女の母親が訪ねてきてから４日後、キョーコさんが大輔に連れられてウチに来た。

「婚約指輪……間に合わなくてゴメンね、京介。」
キョーコさんはそう言って小さな紙袋を俺に手渡した。
「いや、いいんだ。ありがとう、キョーコさん。」
俺は紙袋をキョーコさんから受け取った。
「代金はいらないよ。お香典《こうでん》代わりに……。」
「ダメだよ、キョーコさん。それじゃキョーコさんからのプレゼントになるじゃんよ。」
「でも……。」
「これの出来ばえが完璧《かんぺき》だってことは見ないでもわかるよ。だから、キョーコさんに頼んだんだ。これは俺に買わせて下さい。」
「京介……。」
「あのネックレスも、指輪も、キョーコさんの作るアクセサリーは世界一だよ。ありがとう、キョーコさん。」
俺は指輪の代金が入った封筒をキョーコさんに渡して頭を下げた。

「悪いけど、ちょっと一人にしてくれないか。」

俺がそう言うと、大輔は何も言わずにキョーコさんを連れて帰った。
２人が帰った後、俺は指輪を冷凍庫にしまった。
凍らせるためだ。
なぜ凍らせたのかはわからない。
ただ、凍らせないと堪えられなくなる気がした。

俺は彼女の墓前で、もう一度、彼女の日記を読み返していた。
俺の目には涙が溢れていた。
オマエをこんなに不安がらせていたなんて……。

こんなに辛かったんだな。
こんなに不安だったんだな。
こんなに心配だったんだな。

ごめん……ごめん……。
俺は……なにも気づいてやれずに……。

オマエはいつだって真っ直ぐに気持ちを伝えてくれていたのに、
俺は自分の気持ちを半分も言えてなかったのかもしれない。

子供ができたと聞かされた日、俺は嬉しくて嬉しくてたまらなかった。
でもオマエに冷たくしてしまったのは、同時にとても不安になったんだ。
幸せになったことがない俺には幸せが信じられなかった。
お袋が死んだ時のように、この幸せも突然なくなってしまうんじゃないかと不安になったんだ。

幸せを強く感じるほど、それを失うことが怖くなっていたんだ。

オマエは俺のことを不安で心配だったようだけど、一番不安だったのは……、実は俺だったんだ。
夜の世界に生きてきて、人の心変わりは何度も見てきた。
俺はオマエを失うのが怖くて、臆病《おくびょう》になっていたんだ。

『京也』でいる時は、全てを忘れられた。
過去の辛かった出来事も、金と女と酒で忘れられたんだ。
ドンドン悲しみを麻痺《マヒ》させていってたんだ。
でも、何かが足りなかった。
心のどこかに穴が開いているような、どこか満たされないものを感じていた。
それを満たしてくれたのがオマエだったんだ。

色んな女を見てきた中で、オマエは明らかに違っていた。
俺と出会った頃、色んな男に裏切られて、泣いてばかりいたオマエ。
でも、オマエのその涙でいっぱいの瞳には、「人を信じたい……。」という純粋な心が見えた。
人を心から信じることは難しい。
だけど、それでも諦めずに人を信じようとする純粋な心を持つオマエに、俺は惚れたんだ。

好きだとか、愛してるとか、そんな言葉はあまり言ってやれなかったかもしれない。
俺はホストのくせに一番大事な女の気持ちさえも把握《はあく》してなかったんだ。

もっと早く言ってやればよかった。
もっと抱きしめてやればよかった。
もっと安心させてやればよかった。
もっと一緒にいてやればよかった。

どんなに後悔しても、もう彼女は……。
彼女はどこにもいないんだ……。

「俺は……オマエのコトが……好きで……好きで……たまんねぇよ……。」

俺は彼女の墓前で自分の腹にナイフを突き立てた。
溢れる血の中で俺はとても幸せな気持ちになっていた。
これであの子の所に行ける。
意識が遠くなっていった。

あの子が見えた気がした。
あの子が泣いてる気がした。
俺が泣かせてしまったんだろうか。
俺は間違ってたんだろうか。

目を覚ますと、俺は病院のベッドで寝ていた。
横には大輔が座っていた。

「アイツのトコに行くつもりだったのに。死にぞこなっちまったな。」
宙を見ながら俺は大輔にそう言った。

「あの子が守ってくれたんだよ。そういう子だったじゃねぇか。あの子の分も生きようぜ。」
大輔はそう言って力無く笑った。
病室には彼女の母親もいた。
俺は少しだけ起き上がり、無言で頭を下げた。

大輔の話では、彼女の母親が墓前で血まみれの俺を発見し、救急車を呼んだらしい。
「お願いだから……あの子の分も生きて……。」と彼女の母親は泣いていた。
「はい……。」
俺はそう言わざるを得なかった。
彼女の母親は何かに誘われるようにして彼女の墓に来たらしい。
俺が死んで彼女の元に行くことを彼女は許してくれないらしい。
長い長い余生が始まる気がした。

退院した俺は２人で過ごしたあの部屋に戻った。
『おかえり、パパ。』
そう言って笑いかけてくれる彼女が見えた気がした。
でも、そこに彼女はいなかった。
どこにも彼女はいなかった。
自分の部屋にも、居間にも、トイレにも、風呂にも、キッチンにも、どこにも彼女はいなかった。

途端に涙が溢れてきた。

俺にはもう幸せなんてこないのか……。

……いや、そうじゃない。
幸せはきっとくる。

“信じて生きること”を彼女が教えてくれたじゃないか……。
彼女が俺を信じてくれていたように、俺も幸せになると信じて生きるんだ。
彼女はそのために俺を救ってくれたんだ。

窓の外を見ると、ビルの隙間から日が昇ろうとしていた。

俺は彼女の名前を叫んだ。

何度も叫んだ。

パチンコ
エスパス
日拓
レイク
アコム
PePe

OIOI
AOKI
MIZUHO
JCB
三井住友
VISAカード
さくらや
ヨドバシ
カメラ
ABC-MART
DAIKIN
ダイキン
エアコン
FANCL
CITIZEN

あとがき

俺は元ホストだ。
ホストとは、女の子を接客してお金をもらうという夜の仕事。
職業柄、今までたくさんの女の子を見てきた。

ホストクラブとは、疑似恋愛を楽しんでもらうところ。
自分を好きになってもらい、恋してもらうところだ。
でも一方で、恋の悩みを相談されることも多かった。

「他店のホストを好きになったけど、彼の気持ちがわからない」
「今、不倫をしています。奥さんに嫉妬しちゃって……」
「遠距離恋愛をしていて、彼の行動が読めなくて不安……」
などなど……。
このとき、“女の子の9割は恋愛で悩んでいる”ということに俺は気づいたんだ。それから今に至るまでのべ1万人以上の女の子の悩みを聞いてきた。
そしてその悩みを色んな角度から、俺なりに考えていった。
それが今回のこの小説を書く原動力になったんだ。

俺は、「悩むこと」は非常に素晴らしいことだと思っている。
悩むことによって、人は色々なことを考える。
色々なことを考えることによって、人は成長していく。

ということは、恋には「自分が成長する機会」が与えられているということなんだよね。

で、最も成長する行為《こうい》のひとつが、“大切な人を信じる心を持つこと”だと俺は思う。
信じることは本当に難しい。
でも、信じることで、きっと何か見えてくるはず。
大切な人を信じることのできる人は、強い人だからね。
君も大切な人を信じてみよう。
きっと、成長できるから。

最後に、俺は今、元ホストの経験を活かして、“恋愛アドバイザー”として「恋愛エキスパート有也の恋愛マニュアル」(http://lovemanual.lovesick.jp/) というサイトを開設している。
『LOVE at Night』も、このサイトから生まれたんだ。
是非、ここにも遊びにきてほしい。

この本を読んでくれた皆さんと関わってくれた皆さん、出版するキッカケをつくってくれた綱島智恵子さんに多大な感謝を。
ありがとう。

2006年7月　有也

有也（ゆうや）
1979年東京都生まれ。新宿区在住。
元ホストにして恋愛アドバイザー、
ブログ小説家など、さまざまな肩書きを持つ。
200万アクセスを誇る人気サイト
「恋愛エキスパート有也の恋愛マニュアル」
（http://lovemanual.lovesick.jp/）を運営。

LOVE at Night ～ホストに恋した女子高生～
2006年 9月 6日 初版第1刷発行
2007年 2月 9日 第8刷発行

著者＝有也

モデル＝小田あさ美（アップヒル・エンタテインメント）
写真＝助田徹臣
スタイリスト＝二宮ちえ

ブックデザイン・アートディレクション＝ナカジマブイチ（Boolab.）

発行者＝平田 明

発行所＝ミリオン出版株式会社
〒101-0065 東京都千代田区西神田3-3-9 大洋ビル
電話 03-3514-1480（代表）

発売元＝株式会社大洋図書
〒101-0065 東京都千代田区西神田3-3-9 大洋ビル
電話 03-3263-2424（代表）

印刷・製本＝大日本印刷株式会社

ISBN4-8130-2046-1 C0095